Forbidden Witch-hunt

阿娣麗娜

童話「花衣魔笛手」的後代，擁有絕對音感，法器「銀笛」則可以將音符作為魔法的媒介，無中生有、化虛為實。

阿娣麗娜在封閉的音樂圈子裡游刃有餘，

面對不同層次和文化的人時卻顯得尷尬拘謹，稍有曲高和寡的作風。

銀笛

銀笛閃耀著熠熠光芒，笛身上的藤蔓浮雕栩栩如生、沿著按鍵攀爬。以樂聲為魔法催化劑，可將樂曲中想要表達的意涵化為現實，進而影響真實世界。演奏交響曲「春」時，植物能蓬勃生長，而曲目「威風凜凜」則可以提昇隊友的士氣。

Forbidden Witch-hunt

尼可拉斯

童話「金斧頭」裡樵夫的傳人，知名建築師父親對他寄予厚望，尼可拉斯在嚴格且殘酷的訓練中成長，壓抑的童年造就他堅忍的性格。擅長多國語言、機械解構和各式兵器武術，手斧是他無堅不摧的法器。尼可拉斯很重感情，對他人非常慷慨，對自己則過分要求。

金斧　銀斧　鐵斧

斧柄裹上一圈圈鞣製皮革，光滑的斧身是柔和的淡金色、銀色與鐵灰色。這三把手斧是僅存於世、無堅不摧的神兵利器，質地來源不明，斧口卻能劈開任何物質，還能規避金屬探測儀器的搜尋。

禁獵童話

海德薇 著 幽零 繪

魔法吹笛手

I

【各界名家推薦】

以優美文字以及扎實描寫能力，帶出了精彩而且結構緊湊的故事。故事涵蓋了古典樂、旅遊、美食、豪宅等奢華元素，帶給讀者華麗的感官饗宴，讀起來相當有翻譯小說的感覺。翻開第一頁之後，就一口氣看完了呢！

——值言（輕小說作家／角川輕小說大賞得主）

首先很感謝第一次的推薦初體驗就獻給《禁獵童話》！最初看到文案時，就覺得這個題材很特別，童話結合七宗罪XD

童話本給人一種很浪漫的元素，可是相信很多人長大後，仔細想想會發現童話根本不浪漫，而是很殘酷的現實，也是這種反差性質，讓我覺得本書很特別。

作者海德薇老師文筆流暢，除了童話還涉獵了許多音樂背景、裡面的角色性格鮮明，最讓我印象深刻的是女主角阿娣麗娜的母親，簡直是活寶呀！

第一集的結局出乎意料，作者透過層層的編排，從主角們為什麼會被追殺、遭受迫害？隨著故事進展而揭開神秘的面紗，得知主角們神秘的古老背景。另外曾讓我一度錯覺幕後之人是別人，終於水落石出，疏不知往往是——這邊就不爆雷了，拿到本書的你，趕緊往下看：D

本書並不是血腥故事，請不要被書名「禁獵」嚇到噢，不過正如書名，意味者——壞蛋禁止再獵殺童話故事的傳人啦XD

最後，海德薇老師加油，期待看見續集！希望大家會喜歡《禁獵童話》本書～

——花鈴（作家）

情節緊湊，但又不失浪漫、懸疑元素，可用輕鬆心情品嚐的精緻奇幻甜點！

——Hjordis（PTT奇幻文學版版主）

大童話故事應當是什麼樣子？小時候我們從童話故事中學到做人的道理，處事的態度，每篇故事都是隱惡揚善，教導並警惕孩童不要成為邪惡的女巫、騙人的妖精，要行的正坐的端，以免造受未來的因果報應。

但隨著年齡增長，孩子長大成人，也漸漸意識事情不能只聽一面的說詞，童話只是床邊的幫助入眠的小品而已，真正的童話是來自歷史，經過人為的改變和操控，才變得如此美好虛幻，但真實的面相是慘忍卻又不堪。

作者用自己的方式詮釋童話的意義，他們既是故事也是前例，帶入宗教的七原罪，貪食、色慾、貪婪、悲嘆、暴怒、懶惰、自負及傲慢，融入人人耳熟能詳的七篇童話故事，糖果屋、小美人魚、誠實的樵夫、傑克與魔豆、睡美人、白雪公主和吹笛人，但是作者不只用童話的主角敘事而已，連同配角也加入故事的冒險，讓讀者們知道無論是路人甲還是當事者都一樣是借鏡，每個好人也是凡人而已、每個壞人性只是跟隨本性而已。

獨樹一幟的劇情，加入宗教和童話的元素，帶出人性中潛藏的黑暗，和正義背後不為人知的祕密，同時也指出青少年容易忘卻純真，被環境影響而失去自我。那童話真正要教導我們的是什麼？

世界處處是誘惑，無論是物質還是內心的黑暗，重點是該如何去抵擋，即使屈服也應當勇敢的擔下結果，因為人性本該如此，先姑且不論歷史或是宗教的典故，人本來就不是完美的，想要完美只是自欺欺人。書中的獵巫行動美其名說是懼怕，還不如說是無知，因為就是沒有足夠的慧根和勇氣，才不敢去面對和抵抗。

美好的童話故事，實際的現實生活，兩者或許甚遠，但卻息息相關，童話經過他人的變更才有奇異的背景和詭譎的力量，但是之中所要傳達的理念，卻是充滿的人生的道理，而這只能意會不能言語。

——Mr.V（Novel小說．粉絲團版主）

我對奇幻小說向來毫無興趣，但《禁獵童話》文字流暢創意十足，故事場景從台灣出發到世界各地，內容充滿了想像力，非常有畫面，加上女主角活潑生動的個性，就像是刁鑽機靈的鄰家女孩，讓我改變對奇幻小說敬謝不敏的既有態度。除了故事內容，作者在書中傳達的正面訊息，尤其令人驚喜。

——《孟買春秋》作者劉育敏（前路透社記者、目前為天下獨立評論專欄作者與台大新聞研究所兼任講師）

楔子

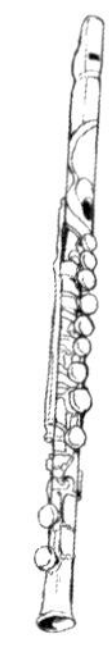

（本報訊）史上頭一遭，瘋狂粉絲闖入國家戲劇院後台示愛！

一名外籍男子昨晚溜進在台巡演的《歌劇魅影》劇院後台，大膽騷擾來自美國百老匯的女性劇團成員，不僅使該名少女在躲避中爬上劇院頂棚，還在追逐中打傷他人。男子最後攀附在水晶吊燈道具上現身觀眾眼前，引起一片譁然、險些中斷演出。

昨（十月三十一日）是音樂劇《歌劇魅影》在台灣為期一個月巡迴公演的最後一場表演，一名年約四十歲的外籍男子避開保全與監視系統，大鬧僅供工作人員出入的台北國家戲劇院後台。據稱，他是追求樂團首席長笛家的十六歲女兒未果，憤而攻擊另名男性工作人員。

目擊者指出，音樂劇正在表演的同時，少女於慌亂中自舞台後方的工作廊道（俗稱貓道）爬上操作道具的懸吊系統，並隨吊桿上升至高達四層樓的頂棚位置，稍有不慎便可能失足喪命。該外籍男子為了能近距離接觸少女，甚至不顧危險跳上半空中的水晶吊燈道具，並隨劇情降落至舞台上方，直至在上千名觀眾前曝光後才逃之夭夭。

音樂劇《歌劇魅影》是改編自法國作家卡斯頓・勒胡的同名小說，由知名作曲家安德魯・洛伊・韋伯編曲。曾榮獲超過五十項戲劇大獎、總票房累積突破五十六億美金，為百老匯史上最長壽的音樂劇，現今已在全球一百四十五個城市上演。但劇團成員遇上瘋狂粉絲衝入後台示愛還是史上頭一遭。

目前警方正持續追蹤調查，男子身份尚待釐清。國家戲劇院發言人表示會加強保全系統，而巡迴演出的百老匯劇團則低調不願回應。

目次

第一章

一輛黃色計程車在警衛指引下爬上車道斜坡，沿著長廊的圓形巨柱前進，擋住了我的去路。我停步，深深的吸進一口空氣，再用力吐出，將交纏的喘息與嘆息從心肺驅逐。

計程車在國家戲劇院的門口停下，後座門敞開，兩位手握門票的女士不疾不徐地下車。我趁機繞過車尾、穿越車道，沿著劇院的迴廊開始小跑步。我飛快地瞄了手錶一眼，指針和我上次確認時沒有太大分別，但我除了跑步、尋找和再次檢查時間外別無他法。

當我繞過幾名席地而坐的年輕人、走完一圈並再度回到門前，依然沒看見母親的身影。我胡亂地揉了揉臉，或許我該問問有沒有廣播系統，或許她已經自動回到座位上，千萬個或許如流星自腦海閃過，照映得我心頭發涼。

我趴在長廊的欄杆向下眺望，一對有說有笑的情侶從樹叢邊的棧道步出，一群興高采烈的學生從廣場的牌樓下鑽過，四周都是熱烈討論公演的聲音，空氣裡的興奮沸騰著，蒸散的卻是我愈來愈少的耐性和分秒流逝的時間。

公演就要開始了……而我，卻還是沒找到母親……

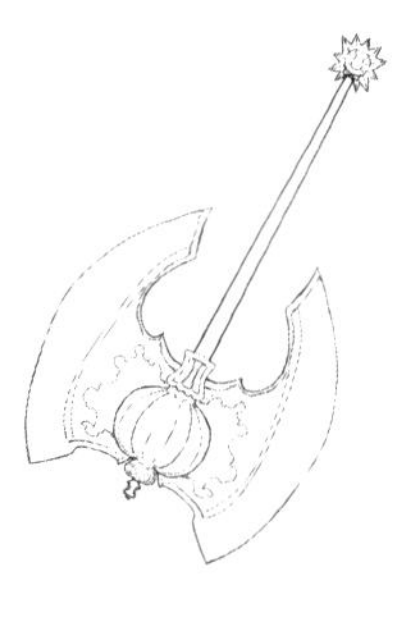

我在劇院正門前焦急踱步，眼光凌亂地掃視階梯上川流不息的人群，找尋著母親走過的軌跡。

突然，我的眼角餘光在階梯下緣抓住一抹亮棕色長髮和黑色裙裝的殘影，我幾乎是用跳的跑下樓梯，一路閃開拾級而上的遊客，終於在扶手尾端的牆邊找到她！

我母親，正和一個高大的台灣男子打情罵俏。

「嘿，原來妳在這裡。」我跑得上氣不接下氣。

「這位是？」男子以流利的英文問。

「喔，她是我女兒，阿娣麗娜。」母親甜甜的說。

「我還以為是妳妹妹呢！」男子誇張的瞪大眼，「妳女兒真幸運，遺傳到你的美貌。」

母親被逗得咯咯笑彎了腰，風情萬種地瞟了男子一眼。但我可笑不出來。

我拉拉她的裙擺，低聲說：「妳知道時間快到了嗎？」

「我出來透透氣，看到夜景那麼美，就忍不住多待一會兒了嘛。」母親嬌嗔道。

男子插嘴：「是啊，國家戲劇院的設備都是最頂級的。對面的音樂廳裡還有全亞洲最大的管風琴呢！」

「然後我就遇到威爾，他是大學音樂系的教授喔。」母親的纖纖玉指順勢搭在叫做威爾那傢伙的二頭肌上，「我們正聊到第二幕的化妝舞會呢。」

「和令堂談論音樂真是我的榮幸！我已經是梅蘭妮的粉絲了。」威爾故作正經地挺直腰桿，再度成功取悅母親。

我正想翻白眼，注意力就被兩個衝上階梯的女孩引開，她們跑過時颳起一陣風，往上蹬的帆布鞋快的像一團模糊白影，看得我愈發心急。我更用力的扯母親的裙子，略微提高音量道：「妳不是說只離開五分鐘去販賣機買咖啡？早就超過五分鐘了。」

「時間還很充裕呢。我有在注意啦。」母親慢條斯理地甩了甩袖子，拉開袖口露出錶面。「啊？那麼晚啦？」

「妳才知道！」我朝威爾勉強笑笑，「我們真的該進去了。」接著握住母親纖細的手腕，毅然決然把她拖走。

「拜囉。」母親擠出臉頰上的酒渦向威爾道別，回過頭，「唉，妳就那麼想搞砸老媽的第二春嗎？」

「妳真的很誇張耶，剩不到二十分鐘了。」

「哈，還有二十分鐘嘛。」

「如果是在平常，妳的過分樂觀還沒什麼關係。可是現在是在工作，不能因為妳一個人耽誤整個團隊耶，拜託妳有點時間觀念和責任心。」我持續快步向前，只在通過劇院後台入口時稍作耽擱，以便保全人員確認掛在胸前的工作證。

「阿娣麗娜，不要那麼緊張。」母親說。

「我知道妳不緊張。」母親是長笛演奏家，她生來就該吃這行飯，任何笛類樂器到手，都可以在十分鐘內玩得出神入化。可惜她對日常生活的拿手程度恰恰相反。

「隨興一點，人生才會快樂。」她又說。

我嘆口氣，她真的很隨興。我出生的時候她正好迷上李查克萊德門，於是便以他的鋼琴名曲《水邊的阿娣麗娜》為我命名。也許我該為此心存感激，若她當時熱愛的是威爾第，我很可能就會叫做《奧賽羅》或《阿依達》了。

我們回到休息室內她原本的座位上，這裡和我離開前一樣嘈雜，音樂家們或坐或站，紛紛替自己的樂器調音、暖身，數十種樂音在一個空間裡同時大鳴大放。長號的低頻震動著地板、小提琴的高頻摩擦我的耳廓，解除脫隊的危機後，各種音頻的轟炸簡直如同天籟。

母親拾起化妝檯桌面上的長笛，朱唇輕輕安在吹口上，完美地爬了兩個八度音階。我站在她身旁，這幅美麗的演奏剪影總令我感到心滿意足，母親晶亮的眸子和散發皎潔光芒的長笛在一塵不染的鏡中更顯耀眼，她的視線對上我的，接著放下長笛粲然一笑。

「乖女兒，我想去洗手間。」她咬唇，露出抱歉的微笑。

「現在？」我一愣。如夢似幻的剪影泡泡瞬間破碎。「快去快回！」

母親輕快地跳下椅子，把原本擱在腿上的一只皮質樂器袋塞給我，她雖然糊塗，隨身攜帶祖傳銀笛的原則可從不馬虎。「順便先幫我熱嘴！」臨走前她丟下這句話、還拋給我一個飛吻。

我捧著祖傳銀笛的樂器袋，呆看著母親的黑色禮服消失在視線內，好在盥洗室就在走廊的另一端，頂多只有二十公尺遠，拜託別再出任何差錯。

「好孩子，妳比梅蘭妮還像母親。」一旁的奧斯卡轉頭對我說，他是母親的老同事，待我就像可親的鄰家叔叔。

我聳聳肩坐下，這樣說也不為過。母親是無可救藥的藝術家性格，任性妄為、只關注她當下在乎的事物。關於這一點，我小時候被她搞丟兩次的經驗足以論證：一次是在購物中心停車場，她把血拼戰績放入車廂後就直接開車走人，讓還在唸幼稚園的我嚇得呆立路邊大哭。另一次是在商場裡面，母親和一大票女人衝進特價專櫃中廝殺了足足一個小時，壓根忘記自己有帶小孩出門。

在我看來，藝術家性格的人擁有不同凡響的視野和超乎常人的堅決，這些特點成就其專業領域的美好。換言之，就是終其一生、絕不改過。經歷兩次走失，我從此學會站在原地耐心等待，年紀稍長後，追蹤她的本領則日益精進。

「聽說妳跳級申請上了茱莉亞音樂學院？」奧斯卡將法國號平放在大腿上問。

我邊點頭邊吹著一個長長的低音，我主修長笛、副修鋼琴，我自己的那把長笛放在美國印第安納州的家裡，和母親的許多珍藏一起擺在樂器室內。說來奇怪，音樂就像是深植在我的基因裡，對演奏的渴望隨著血液流動，讓我不知不覺走上和母親一樣的路。

「什麼時候開學？」他問。

「我保留學籍，明年九月開學。」我換氣，再繼續拉長音。

「明年九月？妳打算陪妳媽走完整個巡迴演出？」

「嗯。」

「妳該不會是為了待在紐約陪妳媽，才選擇茱莉亞音樂學院吧？」

我不置可否。父親過世後，我自然而然扮演起家庭中照顧者的角色，我陪母親跟著劇團在世界各地表演，也算是她的半個經紀人。

「別擔心，梅蘭妮會照顧自己的啦。」奧斯卡又說。

「是嗎？」我索性放下長笛，「護照都是我在保管，她連兌換外幣都不會。」

「這樣吧，看在我們十幾年的老交情，妳媽就交由我負責好了。」他拍拍胸脯。

「那我更擔心了。」我白他一眼，惹得他哈哈大笑。

「等妳去念大學以後，就要換她擔心妳交男朋友囉！」他曖昧地說。

「我們還是會繼續住在一起。」我說，心裡同時浮現一個俊朗身影。

「我告訴妳，等妳談了戀愛，就不會想和媽媽一起住了。」他抱起腿上的樂器起身，「該上場了，我先走啦。」

我抬眼，休息室內的牆壁上有一面倒數計時的電子鐘，現在顯示演出時間只剩十分鐘了，管絃樂團成員一個接一個提起樂器離開，在走廊上依演出座位的順序整隊。

倒數八分鐘，母親還沒有回來，我拿樂器布將長笛反覆擦得晶亮，上面完全沒有指紋沾染。

電子鐘顯示倒數七分鐘，我開始坐立難安，心裡的警鈴大作，梅蘭妮小姐再度宣告失蹤。

我走到休息室門口、朝盥洗室的方向張望，眼看走廊上的隊伍已經緩緩前進，樂團長笛手的樂器卻還在我這裡。我的胃開始抽痛，腦袋也胡思亂想起來，我該不該去盥洗室把她拉出來？還是乾脆頂替她上場算了？反正演出曲目我早就耳熟能詳……

「哎呀，要來不及了！」母親拎著裙擺匆匆跑過走廊。「妳絕對猜不到剛剛發生什麼事……」

「快點上場了！」我把長笛推給她，邊做出揮趕動作，直到她也跟著進入樂池，才長長的吁了口氣。

休息室內的電子鐘歸零，我癱坐在化妝鏡前，瞪著鏡中狼狽的自己。

我和母親長得不太像，母親有一張精緻的心型臉，蜂蜜色的秀髮閃耀著光澤，肌膚如奶酪般可口柔嫩，一雙無辜大眼比劇院的水晶吊燈還要璀璨，長而捲翹的睫毛像舞台簾幕那麼厚重，可是當她眨眼時、眼皮上的深邃褶子又像揭幕般輕盈。更別提那令我又羨又妒的小巧鼻子和豐唇了，母親唯一遺傳給我的、就只有臉頰上的一雙酒渦而已。

我比較像我父親，長形臉、骨架粗大，雖然身高體重和我母親一樣，視覺上就是顯胖。我擁有父親那羅馬人般的高挺鼻樑、和一雙黑白分明的眼睛，焦糖色的髮質則如主人脾氣般粗硬。讓我母親笑靨如花的酒渦成功移植到了我英氣十足的臉上，卻只顯得羞赧又稚氣。

據說相由心生，或許顛覆正常母女的相處模式也間接影響了我們的氣質。我打算在上大學後減少對母親的干涉，多花點時間和同儕相處，管家婆的包袱太沉重，我極其渴望卸任，我一直很想知道和同伴喝飲料閒晃的年輕女孩們是什麼心情。

平板電腦裡下載的小說我都看完了，喝著飲料閒晃的想法油然而生。我從皮夾裡掏出幾枚硬幣、帶上家傳的皮質樂器袋，在投幣式販賣機買了一瓶可樂，接著信步走向廣場。

今晚是樂團在台灣停泊的最後一晚，母親說的沒錯，這個城市的夜景很美。燈火通明的國家戲劇院和音樂廳隔著廣場遙遙相望，如一對黑暗中大放異彩的夜明珠，廣場的光與影交會之處、則形成了一道朦朧的灰色界限。

在這之前，我跟著樂團在許多地方演出，雪梨歌劇院、維也納國家歌劇院、首爾藝術殿堂、莫斯科大劇院，身為音樂家子女的最大益處便是能夠隨巡迴演出周遊列國。雖然偶爾會覺得自己像隻籠中鳥，被禁錮在演出的行程表內動彈不得，但絕大多數時候，我都對這份音樂表演的工作十分引以為傲，就像是今夜。

秋涼如水，瑟瑟西風將樹枝吹得巍巍顫顫，卻吹不熄人們的熱情。今晚是《歌劇魅影》在台灣的最後一場公演，為期一個月的巡迴演出終將落幕。《歌劇魅影》堪稱史上最受歡迎也最長壽的音樂劇，因應每場演出的二十二次換景所需，一百二十個自動舞台特效、兩百三十件服裝、十台煙霧製造機、以兩千兩百三十公尺布料製作而成的帷幕和重達一噸的仿巴黎劇院水晶吊燈等舞台佈景和道具，全數原封不動裝在二十四個四十英尺的標準貨櫃運來，如此大陣仗本就備受期待，再加上宣傳團隊號稱劇中知名的水晶吊燈將以每秒二點五公尺快速落下，將可創造出前所未見的臨場感，以致於演出場場爆滿、座無虛席。

我看看時間，現在應該演到第一幕第五景了，我彷彿可以聽見魅影在地下洞穴裡向克莉絲汀表露愛意。這個場景很棒，魅影和克莉絲汀駕著小舟，在乾冰營造出的湖水上划行，遍地蠟燭錯落在煙霧繚繞裡，一明一滅浪漫至極。

這令我想起抵達台灣的第一個週末，那是個清朗的晚上，表演結束後我和母親一起去夜市閒逛，當時我也是對盞盞燈火撐起的夜間市集嘖嘖稱奇，夜市裡的每一個攤位都很新鮮有趣，我們每種食物都嚐了一點，直到肚子再也塞不下去。我們也買得很盡興，每樣東西都便宜到不行，才逛到一半、我的手臂就掛滿了購物袋。

母親在夜市尾端發現一個賣唱片的攤位，聽說在台灣買唱片非常划算，母親興致勃勃的衝過去。等我跟上她時，她正在比手畫腳的跟老闆交涉，她以英文重複著：「弦樂四重奏！」「小提琴！」「大提琴！」還做出拉小提琴的手勢，老闆從頭到尾只是疑惑的看著眼前的外國人。

這時我忽然發現一件事：這哪是什麼賣唱片的攤位？整個攤子上放的都是露點女優做出煽情動作封面的光碟。這是販賣色情光碟的攤位！當我再次抬頭和老闆的眼神交會時，真是尷尬得無地自容，我拉起母親的手想走，她還不耐煩的甩開我，繼續努力嘗試跟老闆溝通。最後在我硬把她架離現場時，她正蹲著馬步、示範拉大提琴的動作。

憶起這個小插曲讓我不禁笑出聲來，我再次看錶，也該回去了。我把飲料空瓶丟進垃圾桶，沿著來時的路往回走。員工出入口旁的平面停車場上有兩輛樂器車，這意謂著我們即將收拾行囊、和這個國家道別。不知道等我上大學後，是否也能這樣瀟灑的揮揮手，讓母親獨自單飛？

國家戲劇院的後台宛如迷宮般錯綜複雜，走在裡面還真的會有置身《歌劇魅影》故事中、巴黎歌劇院的地下水道裡的錯覺，這一個月來我只記得住員工出入口到團體休息室的路線，後台其他不同功能的房間我都只過其門而不入，例如佈景製作室、記者室、服裝製作室等。現在這些房間有的在使用中，有的則大門緊閉，我經過一間掛著劇中服裝的房間，幾名工作人員在裡面聊天，掛衣服的架子空蕩蕩的，現在都穿在演員身上了。

我拐過最後一個廊角，忽然瞥見有個人影迅速竄入團體休息室內。我停頓了一下，怪了，現在是表演時間，休息室不該有人才對。我躡手躡腳的走到門邊往裡看，詫異地發現一個不曾見過的陌生面孔。

巡迴演出的團隊總有一百三十個人，包括演員、工作人員和樂團成員，其中大部分人我都認識，就算不認識的也見過幾次，我非常確定溜進休息室的人不是我們的一份子，他一定是小偷！

我躲在門邊偷看，偷東西的男子背對我，將休息室的桌面掃視一遍，貌似在尋找值錢的財物，接著他筆直朝我母親敞開的長笛樂器盒走去，他把盒子拿起來翻看，裡面當然空無一物，他不死心的將樂器盒高舉過頭就著燈光看，似乎想把所有細節看個一清二楚。

我躊躇著該採取什麼行動，這名小偷身材高大壯碩，貿然衝進休息室內正面衝突絕對沒有勝算。我繼而考慮通知保全，但我懷疑來回所耗費的時間已經足夠讓他偷完東西離開。幾經思索，我決定留在原地監視他的舉動。

小偷從口袋裡摸出一把瑞士刀，展開銳利刀鋒將長笛樂器盒的襯布割開，研究布料和外盒之間的空間。他的行為令我摸不著頭緒，我也慶幸自己沒有冒失到直接和武裝歹徒硬碰硬。

在一無所獲後，小偷放下樂器盒，開始翻起我擺在椅子上的背包。他將我的私人物品全數攤在桌面上，連化妝袋裡的指甲剪和護唇膏也不放過，找了一陣子後不滿意，小偷再度檢查起背包有沒有隱藏的夾層。

小偷將背包平舉至眼前，忽然，他的視線越過背包、從鏡子裡和我對上。

我的心臟停了半拍，那人金髮碧眼、擁有像是歐陸血統的輪廓，臉上還有一只弧度陰狠的鷹勾鼻。他直視我的雙眼，隨即注意到我背在肩上的皮質樂器袋，剎那間他瞪大眼睛，眸子裡迸發光芒。

第六感催促我快跑！他還來不及動作、我轉身就跑，我從來沒有跑得那麼快過，快得只看見不斷向前延伸的地毯，然後才想起自己慌忙之間忘了要認路。

走廊的大理石牆面迅速往兩邊後退，我瞥見右邊有一間演員化妝室的門敞開著，想都不想就迅速往裡鑽，我跑過一大片開著燈的化妝台、溜進連接另一間化妝室的甬道，那其實是放有一整面儲物櫃的小隔間，我躲在櫃子旁的陰影裡，暗暗希望小偷已經被甩開。

沉重而清晰的腳步聲踏入化妝室，那是男人皮鞋走路的聲音，我壓抑著喘息，感覺肺部亟欲吸入大量的空氣，卻又不敢發出聲音，擔憂最和緩的呼吸也會暴露自己的蹤跡。

腳步聲逼近，似乎沒有轉身離去的態勢，我心頭一涼，即刻拔腿從另一邊的化妝室跑出走廊，我拼命往前跑，轉過一個又一個轉角、經過一個又一個房間，跑得暈頭轉向，分不清東西南北。

這時，前方有幾個我認識的化妝師轉進一間房間，我像是看到救生圈般迅速跟了上去。

「阿娣麗娜？怎麼了？」詹妮絲先看到我。

我一溜煙躲到史蒂芬身後，扯著他的袖子，氣喘吁吁的指著門口。

「什麼啊？沒有東西啊？」南希的話才剛凝結成句子，小偷便闖入這間化妝室，筆直朝我們大步走來。

我嚇得節節後退，我的夥伴們則自然而然的趨步向前擋住他。感謝老天，這又是一間兩兩相連的化妝室。我再次退到橫亙在化妝室之間的甬道，驚恐的盯著這名窮追不捨的小偷看。近距離裡我注意到他穿得一身黑、頸項卻佩戴了一條像神職人員的鍍金大十字架，十字架在黑色布料襯托下發出不懷好意的光芒。

「你是誰？」南希挺身而出。

小偷沒有回答，只是一掌把擋在面前的南希推開，南希被突如其來的力量推倒在地，一臉不敢置信。

「喂！你幹什麼！」史蒂芬為南希抱屈，伸手推了對方一把。

小偷並不把史蒂芬放在眼裡，他右手推倒史蒂芬、左臂甩開詹妮絲，看起來並沒有多施力道，詹妮絲和史蒂芬卻像保齡球瓶一樣摔得東倒西歪。

個性火爆的南希提起一個鋁合金化妝箱，對準小偷的腦袋就砸，小偷跌了個踉蹌、鍍金十字架在胸前彈跳，南希成功的拖延了他的速度，卻沒能制服他。他很快的站穩，惡狠狠的瞪著化妝師們，表情像是要把他們碎屍萬段！

這一幕瞬間激發我的腎上腺素，連男人都擋不住他！我返身奔向走廊，沒命的向前狂奔，空曠的走廊裡充斥著兩組腳步聲，後面的緊跟著前面的，如影隨形，每過一個彎，我都覺得小偷會伸手一把逮住我。而且這些廊道看起來都一模一樣，我甚至好像已經跑過了其中某幾條，我欲哭無淚，感到自己像是在籠中轉盤上跑個沒完的倉鼠。

我再轉了個彎，當看見道具出入口的門時，簡直就要哭出來了！道具出入口的大門只有搬運道具的時候才會開，其他時間都是關閉的。也就是說，我走進一條死路。

月光從一道道鐵柵欄之間洩下，自由的空氣就這麼硬生生被隔絕在門外，而我已經無路可退。我考慮放聲尖叫，換作是別的地方或許有用，但此刻我身處隔音效果絕佳的劇院，每一道牆面都內嵌吸音棉，就連花腔女高音喊破喉嚨也沒用。

我心一橫，乾脆跑向運送佈景道具的升降平台。所有的佈景早已定位完成，此時升降平台被固定為高約一公尺的三級階梯，我使出渾身解數向上爬、不時還要把滑落的皮質樂器袋甩回肩上。我爬上最後一級，藉著道具的掩護衝向主舞台後方的後舞台。

現在前方幾十公尺遠的主舞台正演到第一幕第九景，我躲在後舞台上的一塊布幕後面，聽見遠方卡洛塔演唱《啞巴》時的嘹亮歌聲，近處一襲黑影閃過，我屏息以待，聽著搜索的腳步走近又走遠，小偷顯然沒注意到我躲藏的角落，逕自往另一個方向走去。

我小心翼翼閃過幾件大型道具，避免誤闖演員等候上場的側舞台和正在表演的主舞台，然後環顧周圍，試圖找出一條全身而退的路。

工作廊道。我咬牙，決定爬上主舞台後牆的工作廊道，工作廊道是工作人員的走道區，外觀有點像建築工地外圍的鷹架，既然逃不出後台，半空中或許能暫時躲避。

等我爬上廊道頂層，才驚覺究竟有多高。我離舞台地面起碼有十幾公尺，光是抓著欄杆往下看就讓我雙腿發軟。我聽見母親演奏長笛的美妙樂音近在咫尺，也聽見自己急促紊亂的心跳，我一定是慌了，才會忘了自己專精於音樂而非特技。

就在我努力對抗懼高症時，小偷已經來到廊道下方往上看，接著就開始向上攀爬。小偷的動作很快，三兩下就爬到第二層，我再度將自己逼入絕境，就像失火時往樓上跑的可悲行徑。

眼看我們之間的距離愈拉愈近，這時舞台又開始換景，演出進行到第一幕第十景，勞爾和克莉絲汀在劇院屋頂上互訴衷曲。

也不知道哪來的勇氣，我趁著懸吊系統在換景時，往前奮力一躍、撲上一根正在上升的吊杆。劇團的道具助理曾說吊杆可以乘載三百公斤的重量，我還不到其六分之一，就算加上原有佈景的重量，應該……也還不到三百公斤吧？

吊杆持續上升，直抵劇院頂棚才停住，我攀附在吊杆上搖搖欲墜，強自鎮定後又從吊杆爬上懸吊系統，這才穩住身體。

我的手心冒汗、雙腳不住發抖，受到腎上腺素驅使的神奇力量已經耗盡。當我再次探頭往下看，發現小偷也模仿我爬上一支吊杆，更糟的是他的橫杆正在緩緩上升中，等到那根吊桿停止，我們之間只剩下五公尺的距離、一公尺的高低差。

我們瞪視著彼此，他獰笑般的陰狠眼神堅定不移，我怕得想放棄，但一股不服輸的執拗如碳中星火死灰復燃，我靈機一動。

我略微調整位置，直到那盞由六千顆施華洛世奇水晶珠組成的仿巴黎歌劇院水晶吊燈擋在我們中間。我想讓他以為我故意躲在障礙物後面。

果不其然，小偷為了要抓住我，選擇了最直接的捷徑——他跳上直徑三公尺的水晶吊燈。水晶吊燈在跳躍力道的衝撞下，像個鐘擺似的左右搖晃，小偷則戰戰兢兢地趴著保持平衡，伺機而動。

下方的主舞台上，魅影已經從劇院屋簷上方露面，為了勞爾和克莉絲汀私訂終生而心碎吟唱。我祈禱宣傳團隊沒有為了吸引觀眾而做出不實廣告。

就是現在！劇中的魅影發出痛心疾首的怒吼，水晶吊燈則開始往觀眾席的頂棚移動。小偷這才露出慌張神情，他肯定對《歌劇魅影》很不熟悉，才會對這個經典橋段一無所知。眼見他死命地緊貼著移動中的水晶燈座，現在輪我笑了吧？

不只是我，台下的觀眾們也注意到他的存在了，劇院裡一千五百名觀眾隨著劇情抬頭仰望那盞水晶燈，很難不看見一個穿著黑衣的不明男子趴在上面。現場觀眾交頭接耳起來，有的錯愕、有的驚喜、還有人猛翻節目單。

接著，水晶燈一如預期，以每秒二點五公尺的速度墜下，在觀眾頭頂正上方三公尺處戛然而止，觀眾席傳來驚叫聲，小偷則一臉慘白。

水晶燈停滯了一兩秒，接著開始做出爆炸特效，並沿著預設路線的軌道緩緩滑向舞台，第一幕正式結束。

按照劇本，憤怒的魅影在破壞水晶燈後舞台便會暗下，隨即進入中場休息時間。工作人員則抓緊時間迅速換景，為迎接第二幕做準備。

小偷雖然嚇得臉色刷白卻依然處變不驚，他在在水晶吊燈最接近舞台、燈光熄滅之際一躍而下逃離現場，在三千隻眼睛適應黑暗前消失無蹤。

下半場演出仍舊照常，但謝幕後警察還是來了。當大家發現瑟縮在懸吊系統上的團員時，我早就體力透支到無力再爬下舞台，最後是兩名壯漢把我背下來的。一回到地面上，我立即癱軟在母親的懷抱裡，久久無法言語。

原本該是慶功作樂的夜晚，卻被偵訊盤查取而代之，外事警察整整花了兩小時替我做筆錄，可是，除了沒命的逃跑外，其他事情我一概不知情。

警方將監視器拍到的朦朧身影和出入境資料進行比對，辨識出小偷是一名當天抵達台灣的德籍男子，但在幾小時後，又證明該護照早已申報遺失。

最後，在沒有遺失任何財務、也找不出任何合理解釋下，這驚魂的夜晚成為一個無解懸案。據說，隔天台灣的報紙頭條繪聲繪影的刊登「瘋狂粉絲溜進劇院後台求愛」的報導，把整件事情描寫得非常浪漫，儼然是歌劇魅影的劇外劇。

第二章

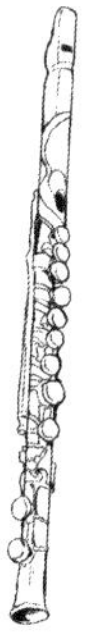

「機長報告，我們將在幾分鐘後開始下降。現在洛杉磯當地時間是下午三點十五分，天氣多雲，氣溫大約是華氏七十七度。當安全帶燈亮起時請勿於客艙內走動或使用洗手間，機長及全體機員感謝各位搭乘我們的班機，謝謝。」

機長的叮嚀言猶在耳，飛機便平穩地降落在跑道上，我看著窗外，終於回到美國了。我們已經在狹窄的機艙裡渡過十幾個小時，長期疲勞和思鄉情切交互作用下，團員們焦躁的情緒已經瀕臨沸點，飛機還在停機坪上緩緩滑行，迫不及待解開安全帶的聲音就像國慶煙火般四處燃放，我彷彿聽見小小的歡呼聲不絕於耳。

整個航程裡我半夢半醒，坐在旁邊的母親也是。稍事休息後我覺得心情正慢慢平復，不再像是獸醫院裡等待看診的小狗那樣無法遏抑的發抖了。但是，空服員送餐時，我還是被杯盤的碰撞聲嚇了一跳。母親更離譜，她嚇得從座位上跳起來，把整張桌子都給掀翻了。

抵達洛杉磯國際機場後，團員們彼此擁抱道別、就地解散，有些人要直接回紐約，為接下來在百老匯的公演提前做準備。也有些人打算趁著短暫的假期返回故鄉，奧斯卡要轉機去波士頓探望父母，南希則要搭乘巴士去舊金山的姊姊家，我和母親準備回印第安納州的家稍事休息。

轉眼間只剩下我們母女倆，我分別將母親和我的手錶調整為正確的時區，隨即啟程前往即將轉機的航廈。

「是往那個方向嗎？」母親疑惑地張望。

「對。」我們要搭乘達美航空六點五十分前往印第安那波里斯的航班，在第五航廈登機。我很確定，因為機票是我訂的。

「等一等，我把筆記拿出來看。」她停下腳步，開始在包包裡東翻西找。

我們站在通道中央，一個背著旅行袋的大塊頭繞過我們，他刻意將背袋向身體內側移了幾吋，卻還是不小心撞上我的肩膀。

「達美航空在第五航廈，我很確定啦。」我重申，她卻充耳不聞。

「奇怪，我明明放在這裡……」她不死心的繼續掏。

我只好把認真翻包包的母親往旁邊拉，「妳究竟在找什麼？沒有搞丟機票吧？」

「找到了！」母親發出勝利的歡呼，接著抽出一張破破爛爛的紙條，仔細閱讀上面的潦草字跡。「第二航廈。」

「什麼啊？」我把紙條抽走，上面寫著幾個凌亂的字，分別是四點三十分、加拿大航空、第二航廈和卡加利。我一愣，是什麼時候決定要去卡加利的？難道在飽受驚嚇後，我連親自安排的行事曆都記不起來了？

「妳在卡加利有演出嗎？」我的目光從紙條上挪到母親臉上。
「欸，妳看，我也會訂機票和劃位了耶。」母親緊張的咬唇看我。
「卡加利的行程是妳訂的？我想起來了，所以妳才在劃位時故意把我支開？」我的語氣尖銳，「就為了偷改行程？」
「我怕搞錯，還特別寫了筆記呢！」她嘀咕。
我雙手抱胸，質問她：「那不是重點，重點是我們去卡加利要幹嘛？」
「這還用說嗎？當然是去朱利安家。」她說。
朱利安！光是聽見他的名字就足以讓我心跳加速，如果是去他家我倒是樂意之至。但我還是不禁小小抱怨了一番：「妳還是可以先跟我商量吧？我是妳女兒，不是隨身行李。」
「忘了嘛。」她玩著頭髮說。
我無奈地搖搖頭，母女溝通再次以單方面的耍賴草草結束。
我確實很想念朱利安和他親自設計的湖畔木屋，他們家歷代都是知名建築師，據說我們兩家的祖父母、曾祖父母、甚至曾曾祖父母也是摯交。父親在世時，我們每年夏天都會去他家渡假，朱利安小母親兩歲，他的兒子尼可拉斯則比我小幾個月，年齡相近讓我們自然而然玩在一起。
「媽，前面有盥洗室，要不要去整理一下？剛剛妳不是把飲料打翻了？」我提醒。
「對喔！」她傻笑。果汁在她的褲子上留下飛濺的痕跡。「那我去廁所用溼紙巾擦擦看。」
「我去買咖啡，要喝嗎？」我看見前面轉角有一家咖啡店。

「好啊。銀笛要不要換我背？」她問。

「別擔心，放在我的背包裡很安全。」祖傳銀笛向來隨身攜帶，絕不放在行李箱中託運。

「去吧，盥洗室在左邊。」

她朝右邊張望。

「左邊！彈低音的左手的左邊！」我扶著母親的肩將她轉正，她偶爾會左右不分，現在更是心不在焉。我目送她穿越走廊，直到親眼看見她走進女廁後才離開。

洛杉磯國際機場是美國第三大的機場，也是加州最繁忙的機場。茫茫人海的掩護並沒有讓我滋生安全感，相反的，我一直保持高度警覺，尤其提防金髮的高大男性。

直到我加入咖啡店的排隊隊伍，還不忘打量周遭其他人。

「你看，澳洲大堡礁拍到美人魚欸。」排我前面的胖子一邊滑手機、一邊對站在他前面的高個子說。

「屁咧，怎麼可能？」高個子回頭。

「網路上有影片啊！」胖子高舉螢幕，「你看，美人魚從岩石上跳進海裡，有尾巴耶，不是美人魚是什麼？」

「哇靠，真的假的！」高個子說。

我在那兩個傻瓜背後不住翻白眼，世界上根本沒有美人魚，那絕對是唬弄人的網路流言，繪圖軟體粗製濫造的合成影像。他們說英文，我被迫聽了五分鐘關於美人魚火辣身材的描述，終於取得兩杯熱卡布其諾。

我捧著熱咖啡循原路返回，邊走邊偷瞄擦身而過的旅客。母親亟欲投靠朱利安的想法不難理解，我的父母沒有互動熱絡的親戚，長輩也都過世了，母親只有個住在法國的遠房表姊，偶爾會在聖誕節寄來卡片。多年來我們母女相依為命，昨夜的風波對柔弱的母親而言打擊實在太大，有錢有勢的朱利安自然成為提供庇護的首要選項。

瘋狂荒誕的昨夜宛如隔世，直到現在我還想不透事情是如何發生的，反倒是小偷陰狠的臉孔始終賴在我腦中不走，淡金色的頭髮、玻璃珠般的駭人藍眼、如氣憤的公牛般的鷹勾鼻，我一閉上眼就可以看到、想忘都忘不掉。

想起他的五官讓我不由自主的皺眉，不知道需要多少歲月的洪流、才能洗淨我腦中的那張臉？也許我該找個電視裡那種聯邦調查局的畫師，把小偷的面孔畫下來。不是說戰勝恐懼的最好方式、就是直接面對恐懼？

正當我幻想把小偷的臉印在寫著「通緝犯」的紙上、然後貼得到處都是時，那外翻的鷹勾鼻竟從我的想像裡凝聚成形……我用力眨眼，他依然在我視線範圍內！如惡夢般糾纏不清的小偷穿著深藍色連帽T恤和牛仔褲，背著一個運動背包，打扮得和尋常旅客無異。此刻正斜倚在盥洗室外的一根柱子旁，貌似玩手機，實則不時偷瞄女廁動靜。

驚懼再度將我包圍，這次我無法轉身就跑，因為他的目標是盥洗室內的母親。我躲到禮品店的旋轉貨架旁，努力思考因應對策。倘若母親的手機有開機，我就可以打電話示警，但下一步又該如何？她總不能一直躲在女廁裡，而登機時間也逐漸逼近，愈是拖延、愈是分秒必爭。

這時，我探頭看見母親已經清理完畢，正對著鏡子整理頭髮，那名小偷顯然也看到了，他立刻低頭蹲下，假裝綁鞋帶掩護自己。

我想不出任何辦法，我不是快問快答的急智冠軍，幸好上天關上一扇門、必開啟一扇窗，一對年輕情侶從小偷蹲踞的柱子旁邊經過，女生穿著迷你裙，露出修長迷人的雙腿。

我一個箭步向前、喊住那個女生：「這個男的用手機偷拍妳的底褲！」我大聲嚷嚷，試圖引起所有人的注意，還把咖啡蓋子打開，將卡布其諾很乾脆的淋在小偷頭上，小偷面對突如其來的辱罵和滿身滿臉的熱咖啡，震驚的說不出話。

「就是他！」我憤慨的指著蹲在地上、還握著手機的小偷。「變態狂！」

那名女生的男朋友衝上前去一把揪住小偷的衣領，把他從地上用力拎起來，咆哮著要他交出手機。小偷急著想辯解，年輕情侶卻沒有給他機會，男生動手搶他的手機，女生則拿包包搥打他助陣。

一時之間圍觀群眾愈來愈多，看好戲的、湊熱鬧的、路見不平的，旅客們很快組織起一道固若金湯的人牆，被圍在中央的現行犯想逃、卻同時被好幾隻手抓住。我的策略奏效了。

也不知道誰先開始的，現場不同國籍的人飆罵起各式各樣的髒話，在機場偷拍女子的裙下風光顯然已經引起公憤，其惡行足以讓不同國籍、不同宗教的人群起撻伐。在確認小偷暫時難以脫身後，我悄悄退出人群，找到母親後便迅速拉著她往登機門走去。

「剛剛怎麼了？」母親問。

「昨晚那個小偷跟蹤到這裡了！」我在她耳畔低語。

驚恐從母親瞪大的雙眼裡傾洩：「你確定是他？」

「非常確定。我們應該要去航警局報案。」我說。

「不……不要把事情鬧大。」母親臉色陰鬱，步伐加快。

「什麼？那傢伙闖進後台追殺我，還一路跟到加州來耶！」我十分不以為然。

我們加入驗票登機的人龍，我不死心的對著母親的後腦勺說：「如果因為國外語言不通、律法不同，所以避免紛爭我還能理解，可是現在已經回到美國了，難不成要等到那瘋子跑到家門口堵人才報警嗎？」

母親迅速回頭，她先確認沒有人注意我們的對話，然後才警告性的瞪我一眼，繼而轉回身去。

她的反應實在啟人疑竇，完全有違她老愛大驚小怪的脫序行為。之前家中樂器室裡少了一件收藏，她便懷疑被闖空門，硬是要警方前來採集指紋，幾天後打掃阿姨在沙發夾縫裡找到那支失蹤的笛子，她才猛然想起是自己拿出來又忘了收回去，最後還逼我陪她去警察局銷案。

「可是那麼多年沒去拜訪朱利安了，會不會給他們造成麻煩？」我試探她。

「當然不會，他早就料到會有這天——」母親猛然打住。

「妳說他早就料到是什麼意思？」我問。

「我沒有那樣說，妳聽錯了。」母親硬拗，然後匆匆通過登機門。

「妳在隱瞞什麼?」我在空橋追上她。

「沒有啊。」她假裝忙碌地尋找座位。「找到了，靠窗，太好了!」母親快速安頓好後便閉上眼假寐。

我審視著她緊繃的臉部線條，母親裝聾作啞規避問題的模樣我太熟悉了，我很肯定，她絕對有所隱瞞。

飛機降落在卡加利國際機場時已經十點多了，卡加利入夜的天空是一種接近黑色的深藍，沁涼的空氣從天際向地表瀰漫，彷彿觸手可及。機場內隨處可見飄逸的白底紅色楓葉旗幟，上次來時我們還是一家三口，而今景物依舊、卻已人事全非。

步出機場，一輛黑色勞斯萊斯已經在入境大廳外等待，駕駛座旁站著西裝筆挺的年長男子。

「艾德溫管家!」母親熱情的向他打招呼。

「梅蘭妮夫人、阿娣麗娜小姐。」艾德溫管家拘謹的欠了欠身。「我謹代表老爺向兩位獻上誠摯歡迎。」

「嗨!艾德溫管家，好多年沒見了。」我說。

「五年了，小姐。」管家挺直腰桿回答，並接過行李、井然有序的放進後車廂。

艾德溫管家應該超過六十歲了，他永遠穿著白襯衫、黑背心的標準管家制服，頭髮還抹了髮油，活像住在十八世紀的英格蘭莊園一樣。他不僅打扮得像是三百年前的古人，就連行為舉止也同古人般壓抑自制。我和尼可拉斯替他取了個「黑桃A」的綽號，因為他的名字開頭是A、又天天穿著黑色，還剛好有一張撲克臉。

母親讓艾德溫管家替她開關車門，她需要有人伺候，艾德溫管家則以服務他人為畢生職志，看來母親一定會很享受這段假期。我認識艾德溫管家超過十年，依然無法遷就他那套古板禮節。艾德溫管家話不多，一路上專注地握著方向盤，開車的節奏四平八穩。車子行經卡加利市區，秋意為路樹妝點了新色，狀如芭蕾舞裙的銀杏葉片染上一層金，風吹樹梢，看著就像無數的迷你芭蕾舞者在空中伸展、跳躍。

我感覺到睡意來襲，卡加利塔高聳的輪廓逐漸朦朧，車窗外的景物像是一齣倒轉的默劇，等到車子開上寬闊筆直的加拿大橫貫公路時，我已經不知不覺沉沉睡去。

我從一個被追逐的惡夢中嚇醒時，車子正經過踢馬隘口，身旁的母親熟睡著，於是我放心地又睡了一陣子。等到再次甦醒時，艾德溫管家正帶著我們從菲爾德鎮奔馳而過，我貼近車窗向外張望，心知我們已經很接近了目的地了。

車子轉進翡翠湖路，朱利安的房子位在距離翡翠湖兩公里的山腰上，山光水色一覽無遺。從前我們兩家人會一起到湖邊戲水，母親不嗜水性，但她會在湖畔鋪起一張大毯子，上面放滿艾德溫管家準備的水果和鮭魚三明治。我和尼可拉斯從湖裡浮出來時，總可以聽見她開朗的大笑聲。

湖畔嬉戲的美好光景隨同我父親一併被埋葬，我本來以為這輩子都不會再踏上這條小徑了。

前方的路愈來愈深入山林，窗外一片漆黑，又過了二十分鐘，當車子走到路的盡頭時，一棟非常前衛的建築映入眼簾，和我印象中的溫馨木屋有著天壤之別。

「朱利安有搬家嗎？」我詫異地問。

「沒有，小姐。老爺大前年在原址重蓋了宅邸。」艾德溫管家將車停在房前的空地。

「哇！」我朝聖般地抬頭仰望。

朱利安是個才華洋溢的建築師，為人稱道的作品遍及世界各地，這棟建築肯定是他嘔心瀝血傑作的前三名。我雖然去過許多國家、見過不少豪宅，但還沒看過這麼新潮的房子。

建築物的正面看來像是一個九宮格，方形外框架構將三層樓的各三間房以支點貫穿，房間的四面牆壁是透明玻璃材質，整體造型像是帶有科技感的魔術方塊，若是搬到紐約或巴黎，八成會讓人誤以為是美術館或藝廊。

雖然建築物外觀線條俐落，屋內裝潢走的卻是奢華風格，一樓有兩間房間亮著燈，中間的起居室內擺放著綴有金色流蘇的紫色沙發，上面還鋪著毛量豐厚的白色蓋毯，我搓搓凍僵的手，驚覺入夜後的山區竟是這麼冷，現在室外大概只有華氏五十度吧？我迫不及待想要擁抱柔軟的蓋毯、陷入鬆軟的沙發。

一樓左邊的房間是開放式廚房和餐廳，我看見朱利安開了一瓶酒，然後穿越起居室來到正門。

「梅蘭妮！阿娣麗娜！」他打開大門，室內溫暖的空氣順著他展開的雙臂襲來。

母親走上前去，和朱利安輕輕擁抱。「謝謝你收留我們。」

「自己人不要那麼客氣。愛住多久就住多久。」朱利安拍拍母親的肩，母親報以感激的微笑。

「阿娣麗娜！」朱利安將我攬進臂彎。「快進來，一定累壞了吧？」

我倚在朱利安壯碩的臂膀下，就像躲進雄鷹的羽翼裡，感到溫暖又安全。他的眼角展露愉快的細紋，眼神堅定而睿智，茂密的捲曲黑髮和唇邊的鬍鬚亂中有序。年近四十的他，無論是臉孔還是身材都保持得相當好。

「幾年沒見，愈來愈漂亮了。」他的口氣中有隱約的尼古丁氣息。

「謝謝。」我害羞地說。

朱利安將我擁入室內，一踏上起居室的羊毛地毯，我立刻被溫暖明亮的光線包圍，室內陳列著許多收藏品，盔甲、花瓶和古董在水晶燈的閃爍光輝裡更顯華貴。我轉頭，發現母親瞪著懸掛在高處的一個動物頭部標本，她蹙眉，表情充滿不以為然。

「喔，天哪！」母親轉身，差點迎頭撞上一個鳥類標本的玻璃箱。

「那是角鵰，牠的特色就是頭部豎立的灰色羽毛，看起來威風凜凜，足以恫嚇敵人，牠被獵人逮到時肚子裡還有消化到一半的蛇呢！呵呵，抱歉……看來也嚇到我們的淑女了。」朱利安展露笑顏。

「真不錯。」母親勉強回答。

「很漂亮吧？那是已經絕種的北非狷羚，看牠頭上那對磨損的角，就知道牠生前是個戰士，據說是拼命跑了十公里才被獵人追上的。」朱利安說。

「呃，是很漂亮。」母親客套地說。

「美麗與罕見都該被好好保存，才能化為永恆。這些收藏品時時刻刻提醒我爭取心之所屬的同時也要居安思危。」

我饒富興味的看著他們，朱利安體魄強健，他喜歡運動、熱愛武術，若他說這些標本是他親自獵捕的戰利品，我也不會有絲毫懷疑。

母親則和他相反，她對打獵、鬥雞等為了好玩而進行的殺戮深惡痛覺，而向來我行我素的她也從不屈意奉承。現在，為了委身朱利安的保護傘，她居然違反了自己的兩項原則。

「老爺、夫人、小姐，晚餐準備好了。」艾德溫管家站在餐廳門口說。

「來吧，酒也差不多醒好了。」朱利安說。

我們走向餐桌，讓艾德溫管家陸續替我們拉開椅背。黑檀木的桌面上鋪著花紋繁複的蕾絲桌巾，手繪瓷盤上擺著煙燻鮭魚佐黑橄欖、蘋果沙拉、楓糖漿蜜漬鮭魚條和鹹餅乾作成的小點心，都是當地季節盛產的佳肴。此外，還有一瓶果香四溢的白葡萄冰酒。

午餐後我們只有在洛杉磯飛卡加利時吃了一點餅乾而已，我早就餓昏了，所以迫不及待每樣都夾了一點到盤子裡。母親似乎沒什麼食慾，她小口啜飲著冰酒，一邊心不在焉的用叉子撥弄盤子裡的幾塊蘋果。

朱利安修長的拇指和食指捏著酒杯，閒適地靠在椅背上，說起了這棟建築的故事：「重建房子的念頭是來自於想要一個酒窖。這裡夠溼、夠冷，蓋一個地下酒窖再適合不過了。可惜，我們家和政府的關係雖好，卻還沒有好到能在國家公園裡大興土木。有一天，我突發奇想，如果可以先在別的地方蓋好我需要的空間，然後再運來這裡組合，問題不就解決了嗎？」他輕快的彈響左手手指，接著說：「於是這個移動式房屋的藍圖便成形了。」

我咀嚼著油脂豐美的燻鮭魚，看著他點點頭。

「這棟屋子的九個房間以輪軸彼此連接，每間房間都可以再往前推或往後挪，藉此獲得額外的光照，左排和右排的房間還可以側轉九十度。」朱利安的手在空中比劃著。

「那不就像是疊疊樂一樣？」我說。

「沒錯。」朱利安說，「不僅如此，這棟房子還有兩層外牆，可以在玻璃和檜木之間更換。只要按下按鈕，碰！結構裡的機關就會幫你搞定。」

「哇，聽起來好神奇。」我說。

「光是解決施工問題就花了好幾個星期，這是一個嶄新的概念，沒有幾個人能理解其中的運轉原理，我和承包商開了好幾次會，最後終於達成共識，施工期間我幾乎全程監工。」他說。

我聽得目瞪口呆，坐在我對面的母親卻失神凝望窗外。朱利安在我們聊天時幾次轉向母親，他也察覺了她的異樣，卻沒有多加追問，只是給予無限溫柔的包容。

「真是了不起！那一開始說的酒窖呢？」我問。

朱利安賣關子似的飲一口冰酒，他先是將珍釀含在喉頭，然後才慢慢嚥下。「聰明的孩子，妳還沒忘記哪？除了地面上的九間房間，我還另外設計了有三間房間加起來那麼大的酒窖，就在這底下。」他的腳尖輕輕踏了地板兩下。

朱利安將冰酒一飲而盡，他的喉結優雅跳動，彷彿也很享受酒精的沐浴，艾德溫管家在第一時間便將酒杯重新斟滿。我崇拜地看著他，歲月沒有削減他的男性魅力，反而堆砌出更令人目眩神迷的風采，就像陳年威士忌般，更芳香、更醇厚。

「我真羨慕尼可拉斯，可以住在這麼獨一無二的房子裡。對了，尼可拉斯呢？」我問。

「那孩子長大了，開始有自己的社交生活。我不太干預的。」朱利安體諒的微笑，接著話鋒一轉，「這是德國進口的水晶酒杯，能留住酒的八成風味。至於現在喝的這支冰酒，可是我親自到酒莊為妳們女孩兒挑選的喔，口感溫和、果香馥郁，平常我個人是比較喜歡口味辛辣一點的酒。」

朱利安將酒杯湊近鼻子，閉上眼深吸了一口氣。我伸手探向面前的酒杯，手指滑過水晶杯上凝聚的水滴，並向母親投以詢問的眼神，她沒有任何反應，於是我大膽舉杯，學朱利安聞了聞酒杯散溢的香氣，接著淺嚐一口，冰酒初入口時甜美更勝果汁，嚥下後齒頰留香，我一口接一口停不下來，頃刻間杯底朝天。

「不錯吧？」朱利安的笑容在酒精催化下更迷人了。「再一杯？」

我點點頭，讓艾德溫管家替我斟滿。第二杯金黃色的汁液在我身體裡追逐著上一杯，我的耳根發熱，沉醉在半是恍惚半是飄然的微醺中，我還想要更多……更多珍饈美釀、更多奇聞軼事、更多朱利安以渾厚嗓音娓娓道來的絕妙點子。

就在老管家再度傾斜酒瓶時，母親才如大夢初醒般出手阻止，她瞪我一眼道：「阿娣麗娜，妳該睡了。」

「我們正聊得開心呢。」我藉著幾分酒意抱怨。

「回房去，我和朱利安有事情要談。」她命令。

我感到一股怒氣油然而生，多年來我像角色互換般照顧她，現在她卻擺出母親的架子，彷彿我是個不值得信任的小毛頭。

我正要發作，卻被一陣由遠而近的引擎聲打斷，兩束車燈的強光投射在屋前的玻璃牆上，單面玻璃隔絕了刺眼的光線，一輛紅色的豐田小貨卡在門口熄火。

一個修長的男孩下車，他的雙手插在褲袋裡，表情漠然的低頭走進大門。

「少爺，」艾德溫管家提醒，「老爺和客人們在餐廳呢。」

原來是尼可拉斯。上次見到他時，這小子還是個和我一般高的小胖子。我偷偷端詳他，尼可拉斯和他父親極為相似，就像是清瘦些、少了鬍鬚的年輕版本。

「尼可拉斯！」朱利安叫住他。

尼可拉斯在大門口停下。

「來和梅蘭妮阿姨還有阿娣麗娜打招呼。」朱利安說。

尼可拉斯倏地抬頭，驚訝如營火在他眼內躍動。當我們四目交接，他又瞬間把頭撇開。

「我累了。」他低聲說，旋即走上樓梯。

「少爺！」艾德溫管家斂起下巴，以責備語氣喊道。

「算了，隨他去。」朱利安好脾氣的說，「十六歲的少年和老父一起住在荒山野嶺，大概很難高興得起來。」

「才不呢，我情願在這麼美的風景中、住在這麼酷的房子裡，也不想繼續流浪了。」話才出口，我便意識到自己不該這麼說。只見母親黯然垂下睫毛，可是不知為何，我一點道歉的衝動也沒有。

「妳幫了你母親很多忙，要是尼可拉斯有妳那麼體貼懂事就好了。」朱利安溫柔的說，「長途跋涉一整天，妳一定累了吧？讓艾德溫管家帶妳去房間休息好嗎？」

我有些不情願地點頭起身，邁開蹣跚如犁田老牛般的步伐跟隨老管家上樓。

整棟房子的樓梯都在中央的房間，我們從一樓起居室爬上二樓的書房。朱利安肯定嚴密計算過建築的受重，因為除了靠前庭的牆面為玻璃材質外，其餘三面皆是書櫃牆。書房中央有一座沙發，玻璃牆邊則擺著一張書桌和一架演奏式三角鋼琴。艾德溫管家推開裝飾為書櫃的隱藏門，將我送入二樓左邊的客房。

已經將近三十六小時沒有好好睡覺了，所以我首先注意到的是那張蘿帳半掩的四柱大床，以及房內的獨立衛浴設備。等洗完熱水澡、舒舒服服的躺在床上後，我幾乎是立刻就睡著了。

第三章

我趴在鐵捲門上，雙眼透過間隙向外看，門外的陽光熾烈，暖意摩挲著我前探的指尖，背後的幽暗則如寒冷規律的潮水。我打了個哆嗦，鼻孔呼出的溫熱氣息在金屬門片上凝成瞬間即逝的薄霧。

沉鬱的黑暗中似乎有東西逐漸逼近，戰慄從背脊傳遍全身、令我汗毛直豎，我看不見，卻可以感覺到陰風四竄，如死神的披風揚起。恐懼攫住我的咽喉，我大喊，卻發不出半點聲音。

這扇鐵捲門是通往自由的入口，也是折磨心智的囹圄，我拼命推擠、門依舊不動如山。我回頭，背光令我無法看清是什麼埋伏在黯影裡，只覺得巨大黑洞從四面八方、撲天蓋地而來，準備張口將我吞噬。

這時，一個模糊身形從黑暗中慢慢呈現，先是雙腳、接著露出大腿、然後是腰部。隨著距離一步步縮短，對方的模樣也愈來愈清晰，最後，他停在我面前兩步之遙，五官在朦朧裡成形。

那張臉，竟然是我母親！

我驀地驚醒。

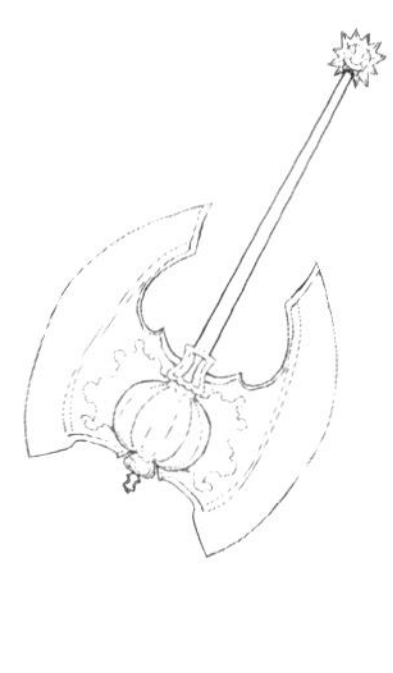

睜開眼後，我試圖搞清楚自己在哪間旅館，赫然發現夢裡心神嚮往的光線，此刻正透過外牆木材覆面的縫隙鑽入房內。我想起這是朱利安的家，原來這就是所謂第二層木製外牆，就是它造成的光影讓我惡夢連連。我按下床邊電燈開關旁的圓形按鈕，木材覆面瞬間像捲簾般往旁邊收起，露出原本的玻璃帷幕。

室內明亮起來，舉目所及全是白色傢具，白色荷葉邊床單、白色雕花衣櫃、白色短織地毯，就連浴室也是一整片白色，浴缸、毛巾、睡袍乃至盥洗用具，地板則是象牙白、乳白、雲白等各種深淺不一的白色拼接而成的馬賽克瓷磚。細膩的白盡情延展，我彷彿坐在以雲朵堆砌而成的堡壘，床邊即可看見樹梢的鳥巢，以及松鼠在枝條間跳躍。

如此夢幻的房間，一定是朱利安特地準備的，他就是這麼體貼。

梳洗過後，我注視鏡中的自己，五年的催熟帶來許多轉變，朱利安是否會注意到我已不再是小女孩？一想到可以和他朝夕相處就令我羞怯不已，我害怕自己是軟弱的血肉之軀，單薄的胸膛關不住劇烈跳動的心。

我將頭髮梳整齊塞到耳後，擺出一個自認為甜美的微笑，端詳半晌後又將頭髮稍微抓散，讓自己看起來帶點晨起的慵懶，接著推開房門、進入書房、走入朱利安的生命。

書房在日間看來更為壯觀，色澤濃如深潭的原木書櫃直聳天花板，結實的層板外緣雕飾著千姿百態的花朵。所有書架上都擺滿了書，難以數計的藏書令書房宛如供奉知識的帕德嫩神殿。我驚歎不已、不住仰頭轉圈，直到脖子發痠才走向其中一面書櫃。

建築構造演變史、西班牙百年建築、日式建築剖析、綠建築之夢……我細數書目，這裡有一整排建築相關書籍。再上一層，詳論二次世界大戰、羅馬的興衰、世界歷史、歐洲五百年……這一區則是歷史。

朱利安的藏書都是品質優異的精裝書，這點從其高級的書皮和燙印的古典字體即可窺知。我隨意取出幾本翻看，有些書籍可從裝訂和印刷方式看出年代久遠，卻絲毫沒有潮溼與蟲蛀的污痕，顯見書況保持良好。

我看書，不過偏好使用電子產品。我會在飛機上或劇團演出時以平板電腦閱讀電子書，書籍於我是娛樂，對朱利安則像是收藏。似乎事業有成的人總有些收集賞玩物品的嗜好，譬如這屋子裡的書房、酒窖和動物標本皆足以為證。

我不是個道貌岸然、只懂得音樂的人，品酒、打獵、閱讀或其他朱利安的興趣，我通通都感興趣。

一架演奏式鋼琴佇立於面前庭的玻璃牆邊，我走向一旁的書櫃牆找琴譜。在平視瀏覽、抬頭逡尋都搜索未果後，我蹲下來檢查起低層的書架，意外發現底層整齊排放了各種語言版本的聖經。

我們家沒有虔誠的宗教信仰，生活型態讓我們無法固定參與教區活動。這一點確實有些奇怪，母親與我花大把時間在音樂這麼空靈的範疇，照理說來，我們應該比普通人更注重性靈層次，事實上我們卻甚少思及信仰。

書架上的聖經大多有經常翻閱的磨損痕跡，其中也有少數外皮嶄新的翻譯本，我猜是朱利安在國外出差時購入的。

這時，一種猶如密密麻麻的火柴拼湊而成的文字吸引了我，是繁體中文，我才剛離開使用這種字體的國家呢。我抽出中文版聖經，可惜短暫居留並沒有讓我的中文突飛猛進，倘若翻看的是樂譜，我就不會陷入這閱讀障礙的窘境，音樂是世界共通的語言哪。

將中文聖經擺回原位時我遇上了障礙，我固定好其中一側的書籍，再將中文聖經擠進狀似充足的空間，卻怎麼也塞不進去。於是我趴下探頭往內看，意外搜出一團調皮的折起的紙片，就是這傢伙佔去了中文聖經的位置。

我攤開紙片，泛黃發硬的紙張發出舒展的聲音，潦草的鋼筆字跡在折痕處凹陷。我瞇起眼睛努力辨識紙上的筆畫，接著認出這是一張名單，七個名字和地址條列其上，母親和朱利安則出現在名單內的倒數兩行。

樓梯傳來細微的聲響，我迅速將紙片折回原狀，然後僅花了一秒鐘、便決定將名單佔為己有。在把中文聖經塞回原位後，我抓著紙條、迅速躲進鋼琴旁的書桌下。

來自樓梯的聲音逐漸明顯，學習音樂讓我擁有比常人靈敏的聽覺，我以最輕柔的動作將紙片塞入外套口袋並壓平，然後，我等著，側耳傾聽。

「妳們待在這裡比較安全。」是朱利安的聲音。

母親和朱利安從三樓走下來，刻意壓低交談音量，隨著距離愈來愈近，談話也愈來愈清晰，我憑藉說話和腳步聲判斷其位置，臆測兩人在書房中央停下來。

「可是……除了我，卡莉沒有別的朋友了。」母親的鼻音很重，像是剛哭過。

「聽說教廷已經派出殺手了，現在外面不安全。」

「噓！朱利安，小聲一點。」

書桌構成的屏障雖狹窄、卻不影響偷聽的效果。我蹲著，重心在左右腳之間輪流交換。

「別擔心，房子的隔音做得很好。說真的，去墨西哥太危險了，當務之急是躲藏好，不要被教廷發現才對。」

「唉……那會不會只是一場意外？或是壞人看上卡莉有錢，為了贖金才綁架她呢？」

「絕不可能是意外，我剛剛不是給你看了命案現場照片？那些殘忍舉動都是有意義的。我也不認為是綁票，卡莉不可能輕易被街頭混混制服，對方一定是訓練有素的殺手。」

「唉，我不知道……」母親顫抖著說。

多虧幽閉空間引起的窒礙壓力，我才沒有驚叫出聲。我摀著嘴，諸多疑問像雨滴般落下……為什麼朱利安說教廷買凶謀殺卡莉阿姨？為什麼卡莉阿姨會到墨西哥去？聖誕節寄來的照片中，那穿著華服、字裡行間透露優越感的法國女子，怎麼可能降貴紆尊、進入黑道橫行的國家呢？

朱利安再次勸道：「妳和阿娣麗娜想要在這裡住多久都沒關係，我在各個圈子都有朋友，只要妳們留在加拿大，我一定可以力保妳們安全無虞。」

「如果我喬裝成別的樣子也不行嗎？」母親慌亂地說，「你不是有朋友可以弄到假護照嗎？不然我拿假護照出境好了。」

「別傻了，梅蘭妮，妳連說謊都會臉紅。而且，墨西哥搞不好是個圈套。」朱利安的語氣凝重。

「什麼意思？」

「殺手八成正在卡莉家附近守株待兔，就等著我們之中有人現身。」

母親倒吸了一口氣，頓時整個書房裡只聽見濁重的呼吸。

我想起了小偷脖子上的鍍金十字架項鍊。教廷為什麼要追殺我們？誰是我們？我本想竊聽真相，怎料愈聽愈迷糊。

母親沉默良久，哽咽道：「我還是不敢相信，已經整整四個世紀了，為什麼還是不肯放過我們？教廷究竟是怎麼知道我們還活著？」

「科技進步和商業發達帶來精神自我封閉和物質需索無度，這樣的時代彰顯了宗教為人所需的前景。但別忘了基督教具有強烈的排他性，創教以來便藉由迫害其他宗教壯大聲勢，現在教廷顯然害怕我們危及他們的地位，若世人發現我們的存在，將顛覆耶穌是唯一真神的真理。」

「可是我只想要當個安居樂業的平凡人……朱利安，我們可不可以主動跟教廷聯繫？如果我們表達想要低調過日子的意願，他們會不會就這樣算了？」

「梵蒂岡怎會容忍挑釁？當希妲在澳洲露出魚尾巴時，就徹底否決這種可能性了。」

母親頹然坐下，我聽見沙發傳出嗚咽悶響，接著朱利安也緩緩坐下。

「聽我的，妳就別去墨西哥了吧？妳沒辦法應付的。」

「讓我想想……」

「還有什麼好考慮的？妳和阿娣麗娜的身分都曝光了不是？」

「我想不透教廷是怎麼找出我們的？我們幾乎不和彼此連絡，我連其他人叫什麼名字、住在哪裡都不記得了。你有和他們連絡嗎？」

「我只有和妳連絡，不過我確實知道其他人在哪裡。」

我瞪著書桌的古典雕花螺旋桌腳，下意識摸了摸口袋的紙條。

「梅蘭妮，妳們還是待在這裡先避避風頭吧。這棟屋子周圍都設有監視器和保全系統，屋子裡還有緊急避難室。就算不為妳自己打算，你也要為女兒打算啊。」

「萬一我有什麼不測，你會照顧阿娣麗娜，對不對？」

「唉！」朱利安聽來十分挫敗，「事到如今，我只好告訴妳，卡莉不是第一個了。」

「你是說？」母親訝然。

「卡莉是第二個，第一個是克勞德，他們兩人都是按照《女巫之槌》書中的刑罰遇害，所以我說這絕對不是巧合。教廷的獵巫行動又開始了，妳絕對不能去墨西哥。」

「小聲點！我們還是進房裡談吧？」母親緊張的說。

「妳有沒有想過，如果告訴阿娣麗娜實情，讓她理解嚴重性，她也會更小心謹慎？」

「不行！絕對不行！」

「如果妳擔心她還年輕，怕她會濫用法器，我們可以只告訴她家族身世。」

「可是，」母親囁嚅，「我怕她發現那件事。」

「這……唉。」

我蜷縮著，心裡惴惴不安、思緒一團紊亂。所有我自幼深信不疑的事物全數被推翻，一個個疑問就像倒進水裡的染料，將我的腦海攪得一團亂。

「你也知道，卡莉除了我、沒有別人了，她還是阿娣麗娜的教母，值得好好走完最後一程。讓我去吧！我知道你會把阿娣麗娜當作自己的女兒般疼愛。」母親央求著。

朱利安長長的嘆了一口氣，說：「好吧，如果非得要去，那我陪妳去好了。」

「朱利安……」

「我沒關係，今天下午就出發吧。我們現在現身國際機場太冒險，我可以向朋友借私人飛機，降落在墨西哥的小機場，然後開車過去。」

我將全副心力集中在他們的對話上，以致於沒能及時察覺早已麻痺的雙腿，等我想換姿勢時，突然重心不穩跌坐在地、手肘還猛力撞上書桌邊櫃，發出沉重的悶響。

「誰？」朱利安喝斥。

我揉揉雙腳，硬撐著從書桌子底下爬出來。

「阿娣麗娜？」母親嚇得從沙發上跳起來。

我轉身，隔著書桌和母親對峙。母親表情驚恐、眼袋浮腫，身上還穿著昨天的衣服。

「妳沒有什麼話要對我說嗎？」我率先發難。

母親張開嘴卻沒有回答，忙不迭向一旁的朱利安投以求救眼神。

「我主動問過妳好幾次怎麼了，但妳就是不肯告訴我。難道我差點把小命丟掉，也沒有權力知道真相？」我冷冷的質問。

「阿娣麗娜……」母親淚眼婆娑。

「你們聯合起來騙我是吧？」我挺直背脊迎向二人的目光，「原來我的人生就是一個大謊言。」

「阿娣麗娜，妳母親本來是計畫要告訴妳的，可是她有諸多考量。」朱利安向我走近兩步，「加上最近又發生了些意外，計畫才耽擱了。」

「少來了！我全部都聽見了！」我一掌重擊書桌喊道，「妳不是說卡莉阿姨是妳的表姊嗎？怎麼又變成我的教母了？我還聽到妳們說什麼身世、法器的。直到現在，妳們還想把我當作三歲小孩耍！」

我感到一陣暈眩，可能是久蹲後起立造成的頭暈，或是血壓飆高。母親雙手抱胸、低聲啜泣起來，微微顫抖的瑟縮肩頭看來楚楚可憐，可是我沒辦法同情她，這一次不行。

「阿娣麗娜，梅蘭妮做任何決定都是以妳為優先考量，請妳體諒她的苦衷。」朱利安說，「她畢竟是妳母親。」

我的胸膛因憤怒而劇烈起伏，原本投向母親的怨毒眼光移轉到朱利安身上，接著我說出今天以前我從未想過會說出口的話：「從我父親過世後，她就沒有當過一天母親！」

這句話語的殺傷力強大如核彈，爆炸瞬間不分敵我盡數毀滅。我感到悲傷如洪，自胸腔快速漫向鼻腔，不消片刻將由雙眸的出口滿洩。然後我只知道自己跌跌撞撞衝出書房，禮節、形象或是刻意抓散的髮型都不再顧忌了。

我跑下樓梯、穿越起居室，砰地甩上大門，把我充斥謊言的人生拋在背後。

我沿著森林小徑狂奔，疾風如鞭我卻不感疼痛。猶記得父親過世後的第一個上學的日子，鬧鐘將我吵醒，我獨自起床、穿戴整齊，在經過母親房門口時，看見她以被子矇頭、仍然躲在假想的防空壕裡，彷彿這樣就不需面對喪偶之痛和他人的同情，殊不知真正的防禦工事只能築構在心裡。

我走進廚房想做三明治，打開冰箱才發現土司發霉了，我只好退而求其次吃個簡單的牛奶穀片，卻發現牛奶也過期了。最後我只好抓了一把穀片，配著開水吞下肚。出門前我故意把整盒穀片放在餐桌上顯眼的位置，心想可以讓母親起床後填肚子，可是我放學回家後，餐桌上的穀片文風不動、母親依然裹在被子裡，而我心裡是同時失去父親和母親的失落。自那天起，十一歲的我扛起一家之主的責任，還收集了一大本外賣菜單。

我大口喘氣，跑累了就改用走的，沿著小徑快步走出樹林後，我在湖畔坐下，雙手環抱屈膝、陷入自怨自艾。

五年來，我幫母親安排演出行程、幫她打理行政瑣事、幫她開車、幫她整理每一次的行李。需要照顧的人是她、搞不清楚幣值匯率的也是她、時間觀念糟糕到差一點趕不上表演的還是她！若非我在身邊耳提面命，她根本不可能安然度日。我努力表現得比她成熟，卻是被當作幼兒般打發！她怎敢？她怎敢端出母親的架子壓我？

正當我想得出神，枯葉碎裂的聲音由遠而近從背後傳來，我的眼尾餘光感到身旁有人坐下，但我依舊執拗的瞪著湖水，像尊僵硬的石像。

「現在湖邊很涼。」尼可拉斯在我左邊兩步之遙。

「嗯。」我悶哼，沒有轉頭。

秋末的晨風捎來涼意，我弓起背縮進衣領，全身上下不帶一絲友善氣息，宛如整裝待戈的穿山甲。

「我聽見妳們的爭吵聲。」他輕聲說。

「是啊。」我餘怒未消，繼而想起他昨晚返家時的冷漠唐突，於是挖苦他，「這種規模的爭吵，對你來說應該是家常便飯吧。」

「就事論事，別遷怒到我頭上。」尼可拉斯雙手一攤。

靜默持續了幾分鐘，尼可拉斯又開口：「聽說妳們遇上麻煩？」

我自知不該借題發揮，卻還是忍不住道：「死不了。」話才出口便後悔了，「抱歉，這樣說很刻薄。」

「沒關係。」尼可拉斯聳聳肩。

尼可拉斯陪我坐著，涼風在我們之間來回飄盪，我又縮得更緊些，感覺身上的熱能全在運動後向大氣投誠了。

「就說了會冷吧。」他說。

「不會。我正想看看風景。」我賭氣地說，就是不肯回小屋去。

我將思緒抛向遙遠山巔劃出的天際線，翡翠湖的澄澈美麗一如既往，湖水光滑如鏡，陡峭山峰上的皚皚白雪和岩石紋理都清楚倒映，偶有一陣微風輕拂，徐徐吹皺湖面如抖動一塊碧綠絲綢。

「翡翠湖還是一樣美麗。」我喃喃道。

「洛磯山脈中的綠寶石。」尼可拉斯附和。

「對了，翡翠湖湖底的那種……什麼岩石？」

「冰磯岩。」

「對，冰磯岩。陽光從冰磯岩折射出的顏色，有點介於湛藍和翡翠綠之間，我還真的沒在別的地方看到過。確實如綠寶石般漂亮。」

「這麼喜歡翡翠湖，那就住久一點吧。」

「頂多就住到感恩節吧？等到冬天，就算外面有一打壞人追殺我，我也沒辦法在這冰天雪地裡呆下去。」我撇嘴。

這是真的，冬天的落磯山脈儼然是個大冷凍庫，湖泊的水源會結凍、湖水則會乾枯，直到夏天再度大駕光臨、融化積雪。

「我也是。其實光是夏天住在這裡，說話的對象只有艾德溫管家，風景再壯麗我也受不了。」尼可拉斯輕笑。

我跟著笑了，「還有你爸啊。」

尼可拉斯正色道：「我不跟他說話。」

「為什麼？」

「一言難盡。」

我稍長尼可拉斯幾個月，小時總自詡為姊姊，他則認份扮演小跟班的角色。為了善盡姊姊的職責，我一度每天花一小時親自授課、強迫他學五線譜，可惜他毫無天份，看樂譜像是鬼畫符。

昨晚他在外人面前讓父親難堪的行徑，實在令我不吐不快。

「你知道嗎？我和我媽很少起爭執，這次衝突完全基於正當理由，我現在是要讓大家冷靜一下，這是溝通策略，絕對不是耍性子。」我說。言下之意是他昨晚在耍性子。

他不作答，逕自以掌為枕在草地躺下。尼可拉斯的眉心有個我沒見過的凹痕，像是高聳眉骨間的一窪淺塘，微啟的眼皮斂著和朱利安同樣的墨色眼睛，但前者眼神溫柔世故，後者則直截了當。唉，男孩就是男孩。

「我想說的是，其實你沒有必要對你爸那麼冷漠。我媽像個任性的小孩，我不也挺過來了。」我說。

「妳還是一樣愛管閒事啊。」尼可拉斯說。

不過幾年光景，尼可拉斯就從白白淨淨的小胖子搖身一變為叛逆少年，我為他的一針見血氣結，卻仍自顧自說道：「因為我把你當家人看待，而且，在生理發展上女生的確比男生早熟。不過我媽可能是個例外，就在前天晚上，我還得要把她從調情對象身邊拉開、她才趕得上演出呢！」

尼可拉斯笑了，白雲的影子從他的瞳孔裡飄過，我認得那個笑容，但除了笑容以外，眼前高大俊俏的男孩還是讓我感到陌生。他長大了，躺姿讓他的上衣貼合在精壯的胸膛上，雙臂的肌肉輪廓則隱約從柔軟布料下現形，現在我絕對不敢對他頤指氣使。

除了新的疤痕，我還注意到他的脖子上掛了一條皮繩項鍊，皮繩從他仰躺的頸邊垂墜到草地上，衣領邊緣則露出半截作為鍊墜的小玻璃瓶。

「好別緻的項鍊，有特別的意義嗎？」我猜那是他母親的東西。

「對。」他謹慎的看我一眼，接著便坐起身、將玻璃瓶塞回衣領內。似乎不想談論這個話題。

我從未見過尼可拉斯的母親，她是翡翠湖小屋的禁忌話題。過去每當我們來訪前，父親都會再三提醒我約束自己的好奇心。

尼可拉斯是否和我一樣厭倦祕密？反對約定成俗的陋規？亟欲擺脫過度掌控？他和我一樣住在籠子裡，我的籠子是美侖美奐的市區飯店，他的則是座落山林的前衛別墅。只是，無論籠子本身多麼精緻頂級，終究也只是豢養寵物的籠子。我逐漸對他產生了同理心。

「真是搞不懂，我媽為什麼不跟我說清楚？難道她覺得我笨到不會發現嗎？」我抱怨。

「也許她是覺得妳聰明到不會戳破。」尼可拉斯淡淡的說。

「什麼意思？」我氣呼呼的扁嘴，「你現在是在說我不聰明嗎？」

「不是。我只是認為，也許她不是不說，而是還沒有找到適合的方法。況且，妳都能聽出我話中有話，又怎麼會不聰明呢？」

我瞪他。「才不，她沒有那麼愛拐彎抹腳。而且如果要強迫對方進行談話，還有哪裡比遺世獨立的山間小屋更適合呢？」

「可能梅蘭妮沒有妳想得那麼天真。就像父母送小孩去夏令營，真正的目的不是讓小孩交朋友或學才藝，只是為了把小孩支開罷了。又或者男生問妳別的女生的私事，可能只是想測試妳會不會妒忌。」

「哇，心機好重。你根本是陰謀論者。」

「我偏好把自己歸類為眼睛雪亮、行事內斂的低調份子。」

「好吧，低調先生，我請問您，該如何反制隱瞞事實的父母呢？」

「沒辦法。」

「我還以為你很有辦法？」

「長輩總是過濾訊息，自以為在執行電影分級制度，只是他們更糟糕，標準隨著心情更動。

基本上，我認為有所隱瞞就是沒說實話，沒說實話就是說謊。當我發現有人對我說謊，我就無法再信任對方了。」

我轉頭看著尼可拉斯，發現比我還要忿忿不平，到了有點憤世嫉俗的地步。

「你爸也會隱瞞事情嗎？」我問。

「我只是在表述我的態度。」他警覺的說。

「喔。」我故作大方，「我也只是問問。畢竟，從現在開始你多了我這個新的說話對象，我希望我們能夠有共同話題，例如在父母背後說他們的壞話。這樣你才不會對我視而不見，若是我連最後一個可以聊天的人都沒了，我和我媽的冷戰不就只好投降。」

尼可拉斯微笑道：「我覺得妳不會輕易屈服。」

「沒錯。」我挑眉，「不然我們可就少了一個話題呢。要不要來學五線譜啊？還是要像小時候一樣跳到湖裡比賽閉氣？我可是整天吹長笛練習肺活量的喔。」

我開玩笑的用手指戳他，想要拉近彼此的距離，沒想到他臉色一變、像觸電般的往後彈。

「幹嘛？」我嚇了一跳。

「沒有我的允許，請不要碰我。」尼可拉斯臉色很難看。

「喔。」我尷尬的答。他好奇怪，前一秒還和我有說有笑，後一秒就翻臉不認人。

「我該回去了。」尼可拉斯起身拍拍褲子上的草屑，沒有打算扶我一把。

我跟著爬起來，回程的路上我們並肩而行卻不再交談，整段路程都在數著步子的緘默中渡過。

本來我打算向尼可拉斯詢問方才聽來的祕密，思忖良久後，決定等到彼此熟絡一點再開口，否則以他緊如真空罐頭般的口風，大概也問不出所以然來。不過，他們父子倆的親子關係倒是令我否決了冷戰的可行性，形同陌路只會造成疏離，不會逼出答案。

濃密的松林半遮小屋晶亮的牆面，蓊鬱的枝葉難掩母親清脆的琴聲，是貝多芬的〈悲愴奏鳴曲〉第二樂章。第二樂章的旋律緩慢而憂傷，母親的心情經由指尖傳遞，我和尼可拉斯在起居室的樓梯前止步，彷彿再接近些、就會被沉重的樂曲壓垮。我畏縮地垂下肩頭，情願她選擇明快強烈的第一樂章宣洩情緒。

父親的葬禮結束時，母親沒有直接從墓園返家，她在告別式上泣不成聲，最後換氣過度造成休克，在醫院躺了兩天。回家以後，母親沒有再掉過一滴淚。

但她還是花了很長時間才離開臥室裡假想的防空壕，起床後，她做的第一件事便是走到鋼琴前坐下、一遍又一遍的彈奏〈神祕園之歌〉。起先是每天彈上好幾小時，後來是每隔幾天才彈，接著延長到幾星期彈一次，最近一次彈奏則是兩個月前。我知道她依然思念父親，她藉由彈鋼琴修補破碎的心。

音樂是她表達的一種方式，音符代替她說話、比她自己開口還要精準明確，這已然成為我們之間的另類溝通方式。我忽然覺得內疚，哪個母親不怕失去自己的孩子？她以剛愎高壓的手段保護我遠離危險，我又何嘗不是任性妄為、未曾站在她的立場想過？

〈悲愴奏鳴曲〉第二樂章，好啦，對不起，我知道了。

這時琴聲戛然而止。尼可拉斯回頭徵詢似的看著我，我為了該如何突破僵局而猶豫不決。

遠處松林傳來直昇機的聲音，隆隆運轉的螺旋槳最後在屋頂盤踞，我驚恐的和尼可拉斯對望一眼，隨即躍上階梯往二樓跑，鋼琴前空無一人，我正準備察看母親的房間時，艾德溫管家自三樓步下樓梯。

「我媽呢？」我焦急地問。

「老爺和梅蘭妮夫人搭直升機離開了。」艾德溫管家語氣平淡。

「去哪？」

「他們去墨西哥處理事情。」

「我也要去！」我衝上前，艾德溫管家卻擋住樓梯。

「老爺特別交代，請少爺和小姐務必待在室內。」他說。

「什麼？她居然就這樣一走了之？」我惱怒地說。

「為什麼要強迫我們待在屋子裡？」尼可拉斯走到我旁邊，挑釁的對管家說，「如果我們偏要跟呢？」

「少爺，老爺已經把房子上鎖了，他將兩位和鑰匙一併託付給我。」管家不為所動，他的說法恭和、肢體語言則十分強硬。

尼可拉斯瞪著他幾秒鐘，旋即轉身走開。「沒輒了。」

「什麼意思？」我向尼可拉斯追問。

「房子的鑰匙是指紋和聲紋。」尼可拉斯洩氣的說，「除非我們把艾德溫管家的手砍下來，再將他的聲音模仿得惟妙惟肖，否則是出不去了。」

「可惡。」我氣得跺腳，任由直升機飛離。

「梅蘭妮夫人託我將這封信交給您。」艾德溫管家遞給我一個信封。

我接過信封，迫不及待地打開。

「艾德溫管家，你可以下去了。」尼可拉斯支開他。老管家欠身後下樓。

我將信封內的兩張紙抽出來，分別迅速瞥了幾眼。

「我給妳一點私人空間。」尼可拉斯走向樓梯。

「等等，」我喊住他，「你看得懂西班牙文嗎？」

「一點點。」他說。

我將其中像是剪報的紙張交給他。我在學校有選修過西班牙文，現在很後悔當時上課不夠認真。

「這是昨天墨西哥宇宙報的頭條新聞，內容是關於一名法籍女子在墨西哥瓜納華托的教堂內被謀殺。」尼可拉斯翻譯著。

我把頭湊過去，印表機列印出來的報紙是黑白的，照片看起來仍舊很血腥，一個女人被吊死在教堂內的祭壇前，嘴裡還塞著東西。我猛然想起稍早偷聽到的母親和朱利安的對話。

「被害人叫什麼名字？」我的心裡已經有答案，卻還是忍不住要確認。

「卡莉，妳認識她嗎？」尼可拉斯說。

我的心一沉，照片上的被害人死前似乎遭受極痛苦的凌虐，她的四肢宛若遭電擊般僵硬伸長，瞪眼噘嘴的表情則像是廉價的充氣娃娃。這和我記憶中短髮濃妝、風情萬種的卡莉阿姨相差甚遠。

「我認識卡莉阿姨。」我失神點頭，「新聞寫些什麼？」

「大致上是說，被害人被吊死在聖母大教堂的祭壇前，嘴裡還塞進燒燙的木炭造成灼傷，警方目前尚未掌握任何可疑嫌犯。我很抱歉。」他平靜地說。

「我沒事。」我感覺眼眶紅了。

尼可拉斯仔細讀著報紙，自言自語道：「真奇怪，嘴裡塞燒燙的木炭是洗滌靈魂的意思，吊刑則是從前處死女巫最普遍的方式。什麼變態傢伙要這樣折磨受害人？」

我忍著鼻酸，強自鎮定地讀起另一張母親留下的短箋，大意是要我乖乖待在房子裡不要亂跑、艾德溫管家會照顧我的生活起居。

「妳還好嗎？」尼可拉斯顯得有點擔心。

我失魂落魄的點頭，然後收拾母親的信，闔上客房的門、抿上顫抖的唇、封上崩裂的心。

雖然我早知道卡莉阿姨遇害一事，親眼看到照片時，命案現場的慘狀還是令我難以承受。我頹然坐在床沿，同時為卡莉阿姨的辭世難過、也為自己的處境憂慮。在劇院後台那晚我曾和死神正面交鋒，我以為僥倖逃脫，沒想到祂的鐮刀緊緊尾隨身後。

白色的房間現在看來就像病房一樣蒼白，我坐困愁城。

曾經有個音樂界的長輩十分提攜我，申請朱莉亞音樂學院的推薦函便是由他捉刀，還記得他是這樣形容我的：「阿娣麗娜除了絕佳的天賦外，後天努力也不容小覷，她擁有如同樂譜般清晰的思路、以及節拍器般穩定的個性，有朝一日必能在業界大放異彩……」我不禁苦笑，清晰的思路和穩定的個性現在都離我而去了。

我打開行李箱，取出夾藏在衣服之間的祖傳銀笛和樂譜，樂器袋不知去向。我這時忽然很想在室外進行演奏，於是我起身前往溫室，那裡是最接近室外的環境了。

一樓右側的溫室供應小屋所需的新鮮蔬果，尼可拉斯和我小時候常在溫室裡玩捉迷藏，一畦畦圍起籬笆的園圃提供絕佳的掩護。沿途我沒有再碰上任何人，我選了個面對前院的位置，將樂譜平靠在乾淨的籬笆上。

上午的日光湧進溫室，銀笛閃耀著熠熠光芒，栩栩如生的藤蔓浮雕沿著笛身按鍵攀爬這把銀笛比長笛短、又比短笛來得長，逕自遊走於標準尺寸外，獨立於世、舉世無雙。

樂譜的第一頁是韋瓦第的《四季協奏曲：春、夏、秋、冬》，我讀著五線譜，發現這本樂譜是將主旋律重新編過的版本，於是我端起銀笛，開始訴說春天的故事。

《春》是一首聽起來欣欣向榮的曲子，韋瓦第藉由音樂描繪出春暖花開、鳥兒鳴唱的意象。我本以為獨奏會略顯單薄，卻意外發現銀笛的音色兼容並蓄，既清脆悠揚又圓融深情，銀笛彷彿擁有生命力，無論是潺潺流水或微風絮語都可以充分演繹。

空氣傳來悅耳的振顫，我的嘴唇和指腹享受著笛身和音符的共鳴，音樂就是我的藥方，音樂讓靈魂得以療癒。我全神貫注投入曲中，在《春》與《夏》銜接的短暫空檔發現了異樣。

記得剛步入溫室時，除了藤蔓架上掛著豆子，大部分作物都是生長在土壤下、馬鈴薯和胡蘿蔔之屬的根莖類，放眼望去一片綠意。可是現在幾處園圃竟多出粉色和紫色的花苞，植物像是長高了、豆子也大多了。難道是我眼花？

時值晚秋，即便是嚴格控管濕度和溫度的室內、植物也不大可能如此朝氣蓬勃的開花結果。我繞著溫室逛了一圈，確信自己沒有看錯，一簇簇含苞待放的花蕾便是鐵錚錚的事實。

於是我開始回想有沒有誤按什麼開關，搜盡枯腸後，我認為唯一的解釋就只有演奏。莫非植物的變化和演奏有關？朱利安跟母親談話時提到的法器會不會就是祖傳銀笛？所以母親才那麼寶貝地珍惜著？

我再度吹奏了一段《春》，這次刻意邊吹邊張望，果然看到植物像是按了快轉的紀錄片、以不合邏輯的速度成長，拉長了的枝葉投影在地板上擴張地盤，藤蔓的攀架上，一朵朵小花盛開後又凋謝、接著長出一顆顆圓滾滾的小番茄。

我緊擁懷裡的銀笛，像是個流口水的低能兒般瞠目結舌。

慘了！我得要馬上趕去墨西哥。

母親離開時，肯定進入我的房間拿走皮質樂器袋。而裡面的銀笛、早就被我掉包成普通的短笛了！

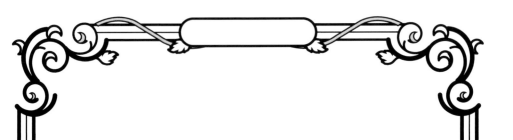

花衣魔笛手（Rattenfänger von Hameln）

曲調輕快的笛聲果然吸引了城中的老鼠，一隻接著一隻地跟著他來到河邊，躍入水中。

可是，除去鼠害的市民們卻不願支付酬勞，於是吹笛人再度出現，同樣吹奏著笛子，但這次吸引的是城中的孩子們，一個跟著一個隨他進入山洞，不知所終。

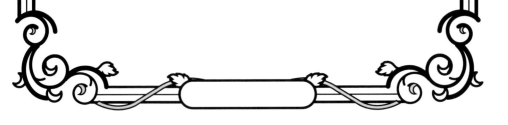

第四章

「再說一次，慢慢說、說清楚。」尼可拉斯倚在敞開的臥室門板上，雙手抱胸、歪著頭說。

我的雙手在空中用力比劃，像是渾然忘我的指揮家，「我剛剛在溫室裡吹奏韋瓦第《四季》的《春天》，結果溫室裡的植物居然一下子長高許多，就像受到春天的召喚！就連番茄都在一瞬間開花結果！」我比著增長的手勢，「這樣一切就說得通了，我聽見你爸和我媽談論到法器，我家的法器一定就是指祖傳銀笛，這就是我們被當作女巫的原因，也是教廷獵殺我們的理由。重點是，我媽去墨西哥前曾經到我房間拿走銀笛的樂器盒，她不知道裡面的笛子早就被我掉包了！我媽現在手無寸鐵，非常危險！」

就在幾分鐘前，銀笛的秘密昭然若揭。我急急忙忙從一樓衝上三樓，直奔尼可拉斯的房間。更早以前，母親和朱利安同坐直升機離開，臨走還不忘囑咐艾德溫管家將我們鎖在屋內。眼下除了尼可拉斯，我已是求助無門。

尼可拉斯不發一語盯著我，臉上夾雜思索玩味的表情，八成認為面前站了個精神錯亂的瘋子。我自知這一幕看起來荒唐，要是角色互換，我也會認為自己神智不清。

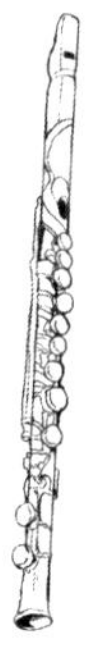

「幫幫我。」我十指交扣懇求他，「我一定要追上他們。」

「妳是說，要是梅蘭妮少了這把笛子，就會有生命危險？」

「對，你讀過兇殺案的剪報，也知道卡莉阿姨如何死於非命了不是？我媽以為她可以用銀笛保護自己，所以才會去墨西哥。但是她帶錯把了，我手上這把才是對的銀笛，你看！」我氣急敗壞地揮舞著銀笛喊道。

我真的很氣我自己。姑且不論母親和我立場互悖、意見相左，光是讓她連個防狼噴霧器都沒有就深入敵營的念頭便讓我嚇得半死，她是音樂系碩士，可不是西點軍校高材生。我後悔和她吵架、也後悔把銀笛掉包，懊悔像一腳踩入的爛泥，怎麼也甩不掉。

「不信我吹給你看！唉呀，我要吹什麼？海上風暴？皇家煙火？這裡都是些什麼亂七八糟的曲子啊！」我亂翻著樂譜大罵。

「妳知道妳說的話有多荒謬嗎？」尼可拉斯皺眉睨我，下巴抬得老高。

我停下動作，直視他坦然無畏的棕黑雙眸，他果然不相信。我納悶自己怎會傻到想說服他銀笛有魔法？一小時前，我還對母親與朱利安的談話滿是不解；半天前，我還對美人魚現身的新聞嗤之以鼻。我垂下頭，一聲輕輕的嘆息在我們之間的空白裡迴盪。

尼可拉斯不肯幫我。我走投無路。我為自己的殷切期盼化作泡影而感到羞憤不已，早該想到的，求尼可拉斯就和求艾德溫管家一樣，既多餘又無用。

「妳收拾行李需要多久時間？只要帶隨身的背包就好，方便行動。」尼可拉斯突然開口。

我猝然抬頭，驚訝與感激之情溢於言表。「五分鐘。」

「好，十分鐘後到起居室集合。」尼可拉斯果決地下令。

我的手指勒在背包肩帶內，躡手躡腳的走下樓梯。尼可拉斯肯定知道離開房子的秘密通道，這幢神奇的玻璃方塊屋機關重重，有條密道也不足為奇。黑桃A那個老頑固不可能讓我們大搖大擺走出去，所以絕不要被管家逮到，我要輕輕的、輕輕的……

才剛走入起居室，我就看見尼可拉斯倚著樓梯下一扇看似通往地下室的門，手上還提著一把斧頭，斧面的寒光令人望而生畏。

「什麼？你當真要把艾德溫管家的手砍下來？」我驚叫。

「快過來幫忙把沙發推到這裡！我把他騙進酒窖了！」他喊道。

我衝上去幫忙，沙發的椅腳在毛茸茸的地毯上很難移動，我壓低重心拼命推，又擠又撞的一吋吋將沙發挪到樓梯旁，然後和尼可拉斯一起把它結結實實的塞在門前。

「呼！我堅持練斧頭太辛苦，所以午餐要開酒喝，艾德溫管家拗不過我才下去的。」尼可拉斯將斧頭扛在肩上，抹抹汗說：「我們快進溫室去，沙發只能暫時擋住他。」

「溫室裡面有密道嗎？」

「沒有。」

「暗門呢？」

「沒有。」

「那我們要怎麼離開房子？」我茫然問道。

「有耐心點。」尼可拉斯將斧頭交到我手中，伸手探入門後滿牆的藤蔓。「奇怪，這些植物什麼時候長得這麼高？」

「都說了是銀笛造成的，現在總該相信了吧。」我喃喃道。

他沒理睬我，雙手仍在厚重的枝葉間摸索。

「你在找什麼？」焦慮讓我靜不下來，我的目光在尼可拉斯和地下室之間反覆來回，「到底在找什麼嘛？」我忍不住跺腳。

「妳的耐性和銀笛一樣罕見。」尼可拉斯慢條斯理的說，「找到了，果然在這裡。」他撥開交錯生長的藤蔓，露出一個圓形按鈕。

我認得這個按鈕，今天早上我才按下它，讓客房的木板外牆收合、露出玻璃帷幕。我不懂切換牆面對於離開小屋有何幫助。

尼可拉斯握住按鈕，向右側轉四十五度，我感覺腳下的地板動了起來，溫室正以一種平穩和諧的速度前移、和起居室重合的牆面則隨之減少。我想起朱利安在晚餐時提到過，翡翠湖小屋的每個房間都是獨立的單位，可以前後左右挪動。

伴隨著溫室移動時機械運轉的嗡嗡鳴聲，隔壁房間同時傳來撞門的碰碰悶響，嚇得我緊握上衣領口，藉以克制自己扔掉斧頭尖叫的衝動。

「他快要出來了……」看著沙發和門間的空隙擴大，我的嗓音變得乾澀。

「快好了，移動時間需要一分鐘。」尼可拉斯說。

地板持續震動，撞門聲則如隆隆戰鼓持續敲擊，急得我心裡一陣兵荒馬亂，我還是沒搞懂要怎麼出去，移動溫室充其量只是將艾德溫管家隔絕在別的房間而已。

這時，嘈雜歸於平靜，地板停止移動，溫室和起居室的連接牆面只剩下三十公分。

「現在呢？」我問。

「使用武力的時間到了。」尼可拉斯取過斧頭，朝我笑了笑。「這是武器櫃裡最強而有力的收藏。」

我不屑的瞄了那投斧般迷你的小斧頭一眼，斧柄裏上一圈圈鞣製皮革，光滑的斧身是柔和的淡金色，與其稱它是武器，還不如說它是件工藝品。「武器櫃裡就沒有衝鋒槍之類的東西嗎？」我不滿地說，艾德溫管家的上半身已經擠出門縫。

尼可拉斯將斧頭高舉過頭，劈向溫室原本緊鄰起居室的牆角，玻璃牆面應聲裂開，從撞擊點延伸出蛛網般的細線，小巧玲瓏的斧頭立下大功。

「兩兩相臨的牆面結構設計比較脆弱，尤其溫室為了植物光照，牆壁材質又稍薄。」他以斧柄敲開碎玻璃，弄出一個大洞。

我偷看了艾德溫管家一眼，他一臉驚愕的瞪著我們，更加使勁推開壓住門板的沙發。

「完蛋了，我們把房子搞成這德行……朱利安不知道會怎麼樣？」我說。

「太好了，我爸一定會氣瘋。」尼可拉斯咧嘴一笑，拎著斧頭鑽出牆上的大洞。

我瞪他一眼，緊跟著小心踩過碎玻璃，擁抱自由的空氣。

我們跳上尼可拉斯的紅色貨卡，踩下油門的那一刻，艾德溫管家正好擠出地下室的門縫，破天荒的對著我們哇哇大叫，貨卡揚長而去。

「呼，真是千鈞一髮。尼可拉斯，你怎麼會想到用斧頭這招？」繫上斧套的斧頭平躺在我的座椅下方。

「我小時候學過武術，知道如何施力，家裡的武器收藏就是現成的教具。」他說。

「讓小孩耍弄斧頭也太危險了吧。」我縮起雙腳，盡可能遠離刀鋒。

「這把斧頭是以一種罕見的金屬製成，斧口其實並不銳利，只是硬度高。別擔心，不會輕輕碰一下就割傷的。」尼可拉斯握著方向盤的神態充滿自信，「妳要不要說說魔法笛子的事？」

銀笛被保護得很好，堅固的背包中塞滿柔軟衣物，恰如子宮裡的羊水將胎兒溫柔裹覆其內。

「我媽要求我定期保養銀笛，卻從不允許我吹奏，一直以來我只知道銀笛是珍貴的傳家之寶，並不曉得吹了以後會有什麼影響，直到今天早上。我認為銀笛的聲音有股催化樂曲意境的能量，就拿韋瓦第的《四季》來說，曲子本身聽起來就有四季更迭的感覺，銀笛則可以將音符化為實際行動。」我偷看他的反應，「我知道聽起來很不可思議。」

「我相信妳。」尼可拉斯毫不猶豫地說。

「謝謝……」兩旁迅速倒退的松林在我驚喜又感動的眼裡糊成一片，我凝視著他的側臉，黑色的眸子裡滿是篤定。「……我想，我媽堅持要我學長笛，應該是為了讓我有能力繼承銀笛。」

「我猜銀笛搞不好有人類聽不見的音頻，就像狗或海豚之類的、動植物才聽得到的聲音。」

他的手指敲打著方向盤，和我思考著同樣的問題。「教廷當然不會容忍這種所謂的神蹟。」

「我同意。」

「總之，我們會把一切搞清楚的。」

紅色貨卡在柏油路上狂飆，尼可拉斯泰然自若的架勢彷彿和車子合而為一，每個加速衝刺與減速過彎都像順暢得像是呼吸，和我雙手緊握方向盤、正襟危坐的模樣完全不同。

「你怎麼會想買這輛車？」我沒有乘坐過貨卡。

不是我故意想挑剔，現在就算要我搭拖拉機去墨西哥也沒問題。況且這輛貨卡狀況維持得不錯，外觀上沒有明顯的凹痕和掉漆，車內也整理得很乾淨，我好奇的是家境優渥的年輕男孩怎麼會選擇以中產階級的用車代步？

「我認識了一個很喜歡修東西的朋友，就常往他那裏跑，一開始只是幫忙遞東西，慢慢的就跟著學起來，後來他幫我找來一輛二手車和零件，我自己把車修好，算是學徒生涯的里程碑。」尼可拉斯說。

「你是說，你自己把一台骨董車修到能跑？」

「我對修繕和組裝有點興趣。」

「真是了不起！」我想，機械之於尼可拉斯、就如音樂之於我，同樣得心應手。

車子轉入另一條看來十分類似的柏油路，路旁一樣是松林、路面一樣平坦，但就是方向不太對勁，觀察一陣子後，我確定這既不是往卡加利也不是往菲爾德。「忘了問你，我們要怎麼去機場？」

「坐飛機，水上飛機。」

話甫說完，一幢油漆斑駁的咖啡色木屋出現在眼前。

「這是老查的家，就是我那個很喜歡修東西的朋友。」尼可拉斯熄火後跳下車，打開後門拿他的背包。

我趕忙將他遺落在前座的斧頭塞進自己的包包，快步跟上他。

「老查的車不在，屋子裡也沒人，應該是出去了。」尼可拉斯向屋內張望。

這棟屋子有許多修補的痕跡，牆壁上的木條顏色深淺不一，表示屋主曾經將老舊蟲蛀的木條取下換上新的。而每片木頭都切割得非常整齊，顯示木工經驗老到且要求嚴謹。

我們從側邊的小徑繞到後院，屋後的空地分門別類放著成堆的大型零件，有車輪、引擎、風扇，還有雜七雜八的螺帽和輪軸，以及更多我從未見過的五金。

「來吧！這裡。」尼可拉斯招呼我走進樹林。

崎嶇不平的林子裡有一條經年累月踩踏出的小徑，我小心的避開腳下的碎石，跟從著前方的窸窣聲，等發覺陽光直射腳尖時，我們已經走出遮蔽的林蔭，眼前豁然開朗。

寧靜的山坳裡，一個美麗不亞於翡翠湖的稍小湖泊躺臥著，澄澈的湖水倒映出飄渺白雲的影子，以及洛磯山脈的壯闊稜線。岸邊還停泊了一架水上飛機。

「看來你和老查一起修的東西不只車子。」我說。

看得出來水上飛機年代久遠，白底藍邊的機身塗料褪色得比老查的房子還厲害，機翼上蓋有一層厚灰，機腹兩側的浮筒還沾滿半乾爛泥。

尼可拉斯打開機艙門，示意我先爬進飛機內。

「這東西安不安全哪？」我猶豫著，「不會是二次世界大戰留下來的吧？」

「這是趕上他們最好的選擇。」他拍拍機艙，金屬艙板報以空洞的迴響。

我半推半就地踩上浮筒、攀上冰涼的艙門，將自己的小命送進老友手中。「尼可拉斯，你的飛行時數有多少？」

「一百小時。」他在駕駛座迅速就位，駕輕就熟的繫上安全帶、戴上耳機。

一百小時很多。我鬆了口氣，接著模仿他的動作，將自己牢牢固定在座位上。儀表板的燈亮起來，我聽見引擎運轉的聲音。

「這架飛機的起飛距離已經被我和老查改良到五百米，不過秋天的舍布魯克湖水位降低，我目測今天的湖泊長度是不多不少、剛剛好。」尼可拉斯說。

「什麼叫目測剛剛好？」我大聲罵他。

水上飛機開始往前滑行，螺旋槳和引擎卯足全力工作，音波讓水面泛起陣陣漣漪，連耳機也無法阻隔塞滿我耳廓的噪音。

儀表板上，時速的指針迅速攀升，飛機愈來愈快，正前方的樹林則迅速逼近。

「你剛剛說你有一百小時的飛行時數，獨自駕駛的比例到底佔多少？」我朝著麥克風喊。

「我今天正式升格為正駕駛。」耳機傳來他帶有一絲興奮的聲音。

一口氣哽在我的胸前，現在反悔已經來不及了。我的手按著安全帶扣環，隨時準備解開安全帶跳機。

就在我認為即將撞上陸地的剎那，機頭忽然急遽上拉，眼前的綠意瞬間被一片藍天白雲取代。緊張撓刮著我的心，當飛機衝過樹林上方時，我甚至聽見起落架撞斷頂稍樹枝的聲音。

「起飛成功！」尼可拉斯開懷大笑。

我回望湖面，繼而鬆開因捏緊安全帶而泛白的手指。一條潔白的航跡逐漸淡去，我們成功了。

「雲霄飛車都沒你開的飛機可怕，說真的，你剛才有幾成把握？」我的胸口依然急遽起伏著。

「九點九九吧。」他說。

「你還真樂觀，我們差一點就撞上樹幹了。」我怒斥。

「不會的，我仔細評估過了。而且我通常要有九成以上的把握才會採取行動。」他回答。

「是唷，你的風險評估機制是什麼？肉眼目測嗎？你的保守態度還真令人放心哩。」一想到起飛距離不夠他還硬要飛，我就有氣。

「我承認剛才是有點驚險，不過成功了不是？」他還沉浸在喜悅中，「我們等一下在維多利亞港降落，然後從溫哥華搭飛機去瓜納華托。」

「降落應該比起飛難吧？」新的疑問在我腦裡衍生。

他轉頭看我，表情帶著戲謔：「別擔心，我可是有一百小時的飛行時數喔。」

一路上都沒有再發生狀況，除了小型飛機比較顛簸外，尼可拉斯的駕駛技術確實沒話說。我們順利降落在維多利亞港，沒有濺起驚濤駭浪。抵達溫哥華國際機場後，我們還非常幸運的候補上半小時後起飛的班機。

「我們用自己的護照通關沒問題嗎？機場會不會安排了對方的人馬？」我在安全檢查的隊伍裡左顧右盼。

「公共場合人多，他們不敢輕舉妄動。」尼可拉斯排在我後面，沉穩地說。

「我可沒你那麼有信心，我在台北的國家劇院裡照樣被追著跑，後來在洛杉磯機場又看到同一個人出現。」我嘟噥。

「如果我沒記錯，卡莉是在教堂關門休息時遇害，現場沒有目擊者；而你是在國家劇院空蕩蕩的後台遭到攻擊，後來歹徒被迫在舞台前現身時，選擇立刻逃離現場。」他深邃的黑色眸子轉動著，「所以，我認為教廷的行動原則是精確單一、乾淨俐落，他們也怕身份曝光。」

「說得也是，宗教的力量雖大，但也還沒大到凌駕於法治之上，教廷不可能買通整個警界，現在人群是我們最好的掩護。」我的理性思維探頭。

「不過，水晶吊燈那招還真絕。」尼可拉斯抿住笑意。

「別拿我尋開心，當時我真是嚇得魂飛魄散。」我撇嘴，跟著人群向前移動兩步。「怎麼？原來你也有關注這件事情哪？難道你在網路上搜尋我的名字嗎？」

他的眼裡閃過詫異，隨即別開臉，正色道：「我看了新聞。」

接下來是一陣詭異的沉默。我的本意既非調情也非挑釁，於是就成了直指他是在網路上搜尋老友的偏執狂。我假裝看別的地方，然後回過身背對尼可拉斯，藉以掩飾自己的尷尬。

通關隊伍以不快不慢的速度向前推進，我隨意地四處張望，穿套裝的商務人士在科技創造的小宇宙裡遨遊，不是握著手機聯絡公事，就是死命地敲打著黑莓機。成群結隊的是旅行團觀光客，許多觀光客會在託運的行李箱中再塞一個備用箱，或是在當地多買一個箱子，回程時依然像點亮的聖誕樹般掛滿購物袋。

打扮輕鬆的多是背包客，走遍全世界只要一個旅行袋就打發了。我們這次輕裝簡行，一人一個背包上機、省去託運行李的麻煩，所以只要揹著背包通過安檢就可以出入境了。超級簡單。

嗯，好像哪裡怪怪的。

免託運。揹背包。背包……背包！我瞪著X光檢查儀的櫃台，心涼了半截。

「尼可拉斯！」我驟然回頭，頭髮被甩飛起來。

「怎麼了？」他問。

「你的斧頭……在我的背包裡。」我哭喪著臉說。

「什麼？」尼可拉斯瞪大眼睛，「我不是留在車上了嗎？」

「我以為是你忘了帶……所以順手收進我的背包了。」我焦急的往回看，現在我前面只剩下兩個人。「怎麼辦？武器一定會被檢查出來的！」

站在金屬偵測門前方的航警繃著臉，制服燙得筆挺，褲子兩側還有漿過的摺痕。他一手輕按槍袋，我彷彿預見自己被當作恐怖分子壓制在地上，槍口瞄準我的後腦杓。

「保持鎮定。」他低聲說，「航警主管是我爸的好朋友。」

我回頭，排在我前面的旅客順利通過，輪到我了。但願尼可拉斯認識的航警高層今天有上班。

受人矚目的壓力很大，儘管我已經在演奏時練習了千百次，航警冷漠的注視依然讓我難以承受。他不耐煩的揮手示意我向前，我硬著頭皮，不情願地將背包放上輸送帶。金屬偵測門彷彿成了羅馬的真理之口，謊言的重量令我膝蓋發軟。

通過檢測門後，我戰戰兢兢的走向行李輸送帶，坐在櫃檯內的航警目光緊盯X光檢測儀，他隨時會舉起手來將我擋下、然後扔進監獄裡。

輸送帶持續運轉，背包從檢測儀裡出來了，我沒有被攔下！我壓抑著驚訝，微微發抖的手伸向背包時瞄了航警一眼，莫非尼可拉斯認識他，所以他才偷偷放我們過關？太好了，我本來還認真考慮以死不認帳來脫罪的可能性。

我向前走了幾步後停下來等尼可拉斯，心情如連闖十個紅燈都沒被抓到那般不可思議，我等等一定要盛讚他的交遊廣闊。

尼可拉斯若無其事地通過金屬偵測門，然後走向X光檢測儀準備拿背包，這時，整台輸送帶的機器倏地停止運作。

「等一等。」螢幕後方的航警抬起頭，對站著的航警招手示意。

「怎麼了？」尼可拉斯一怔。

「請跟我來。」原本守在金屬檢測門旁的航警走了過來，一把抓起尼可拉斯的背包，將他帶到鄰近的一張桌子邊。「你有攜帶違禁品嗎？」

「沒有啊。」尼可拉斯看來滿頭霧水。

「是嗎？」航警一臉猜忌地瞟他，「那你應該不介意我打開來看看。」

尼可拉斯朝我使了個眼色，我愣在原地，一時難以理解眼前的狀況。斧頭在我的背包，被攔下來的人應該是我才對……尼可拉斯是在暗示我離開嗎？聽說若被發現攜帶違禁品，同行旅伴很容易也成為查緝對象。

航警將整個背包翻倒過來，裡面的東西盡數散落桌面、一覽無遺。我僵立原地，硬是無法丟下他一走了之。

「哈，找到了！」航警從桌面上揀起一支小剪刀，得意的說。「先生，你不知道隨身行李不能攜帶刀械嗎？」

「這只是指甲剪。」尼可拉斯辯解。

「不行！不行！」航警猛搖手，「請你把剪刀丟進前方的箱子中。」

尼可拉斯一臉尷尬地將滿桌私人物品塞回背包，並在航警監視下把小剪刀投入違禁品塑膠箱，終於向我走來。

「你怎麼會帶剪刀上飛機啊？」我白他一眼。「連這個都不知道。」

「剪指甲啊，妳出門都不用剪指甲嗎？」他答。

「你一直都有帶指甲剪坐飛機的習慣嗎？那以前是怎麼通過安檢的？難道朱利安的朋友讓你們走秘密通道嗎？」

「以前都是坐私人飛機。」

「原來如此。對了，剛剛那個航警你不是認識嗎？」

「要是認識、就不會那麼丟臉了。」

「奇怪，那為什麼連小剪刀都看得出來，斧頭卻沒被發現？」

「我也正在想這個問題。」

「讓我想想。」我喃喃自語，「一把可以輕鬆劈開牆壁的珍藏斧頭，又不會被X光檢測儀發現……」我和尼可拉斯的視線交會，我很肯定地說：「那一定是你們家的法器。」

尼可拉斯沉吟：「其實，一模一樣的斧頭共有三把，我爸一直十分珍惜，只有武術課時讓我拿出來用。看來妳不小心把它帶來，還真是帶對了。」

「那就是了！你爸要求你練習武術，就和我媽堅持我學音樂是一樣的道理。」我將在書房偷聽到的內容一併告訴尼可拉斯。

「這樣看來，教廷眼中的異端份子，一定每人都擁有一種法器，像是具有魔力的銀笛、還有無堅不摧的斧頭。不知道其他人的法器是什麼？」他說。

「不管是什麼，就像你說的，教廷無法容忍這些神秘法器製造出的神蹟，卡莉阿姨就是為此丟了性命。」我嘆氣，「那麼，擁有法器究竟是祝福，還是詛咒？」

尼可拉斯沉默不語，理解事實真相後，我們的處境並沒有變得比較容易。

距離追上母親和朱利安，僅剩下一步之遙。我知道我必須保護她，一如既往。

我在飛機上時滿腦子只有這件事情，直到空服員送上午餐，我才想起自己從早上到現在滴食未進。今天一上午我的胃異常忙碌，先是飽食發現秘密的震驚，當受騙的憤怒尚未消化完畢，馬上又在逃亡的緊張裡煎熬。滿腹高亢複雜的情緒令我噁心想吐，直到搭上飛往墨西哥瓜納華托的班機，我的胃終於想起了飢餓。

尼可拉斯和我的座位隔得很遠，我坐在一堆膚色偏深、體型矮壯的墨西哥人之間，不顧形象地狼吞虎嚥。豌豆與馬鈴薯泥被我迅速掃光，摻著魚肉的沙拉也還不錯，我將鹹餅乾和乳酪配著茶吃，就連平常避之唯恐不及的肉醬豆泥也不放過。飽餐一頓後，迷霧般的睡意撲天蓋地而來。在我陷入沉睡前的最後一絲意念，竟是那搶先一步抵達墨西哥的滿意的味覺。

我們在接近傍晚抵達瓜納華托國際機場，先兌換披索才離開，一步出那棟方正的白色建築後，熱辣辣的陽光即刻吻上臉龐。我打量著機場週邊環境，道路旁零星錯落著低矮建築物，不同品種的樹木在貧瘠的草地上毫無規律的恣意生長。墨西哥這種坦然率性的氣質和溫婉有序的加拿大完全不一樣。

「接下來有什麼打算？」尼可拉斯問。

「我都想好了，我們先去發生命案的教堂找找看我媽和你爸，第二個要去的地方則是殯儀館，最後一個選項是到警察局碰碰運氣。如果有人問起，我們就自稱是卡莉阿姨的姪兒和姪女。」我將在飛機上構思好的計畫告訴我的盟友，自尼可拉斯幫我逃出翡翠湖小屋後，他在我心目中的地位已經從小弟晉升為平起平坐的伙伴。

「邏輯是很清楚。不過，要不要先撥撥看他們的手機？」他促狹道。

「對喔！」我用力拍一下額頭，「如果連絡上就不用整個瓜納華托到處瞎找了。」我試撥電話，可惜母親和朱利安的號碼不通。

「別嘟著嘴，我都可以拿妳的臉當衣帽架了。我們會找到他們的。」尼可拉斯招手攔下一輛計程車。

「不好笑。」我瞅他一眼，心裡卻在駕駛飛機和機場出境二度化險為夷後，默默欣賞起他那種不把困難當回事的瀟灑態度，即使他只有九成把握。

「你好，朋友！要去哪裡？」坐進車內後司機用英文問道。

「我們要去瓜納華托的聖母大教堂，麻煩您。」尼可拉斯以流利的西班牙文說。

司機回頭，一張圓臉又驚又喜，隨即愉快地哼唱：「瓜納華托！教堂之都！」並用力踩下油門。

不祥預感的指爪悄然襲來。屬於巴黎香榭大道的卡莉阿姨走訪墨西哥已經夠反常了，居然還挑個滿是教堂的瓜納華托作為渡假地點，這不就和羊走到獅子家敲門一樣匪夷所思。

計程車沿著筆直的公路前進，一路凶猛地和貨車與巴士爭道，我們行經荒煙漫草的空地、有鐵皮屋頂和塗鴉外牆的破舊民宅、停車場裝滿新車的漂亮車行以及更多荒煙漫草的空地。綿延無盡的馬路與電線杆相依偎，幾次抬頭，看見的景色都大致相同，我沒有看見仙人掌和戴尖頂墨西哥帽的人，只有沿途滿是碎石沙土的荒地。

「你們來看亡靈節？」司機從後照鏡對我們熱情地笑，擠出厚厚的雙下巴。

「不是。」我冷淡地答，聽說墨西哥的治安不太好。

「卡洛斯，我的名字。我住在瓜納華托，美麗的、有故事的城市！」司機不死心，繼續向我們攀談。

一聽見司機說自己是本地人，我意識到這是個打聽消息的好機會。

「卡洛斯，請問你，聽說瓜納華托前幾天發生兇殺案，是不是真的啊？我本來還想取消這趟旅程的，可是我男朋友說機票買了不能退。」我裝作害怕的樣子。

「沒問題，瓜納華托很安全，漂亮小姐不要怕。」卡洛斯拍拍胸脯保證。

「是嗎？不是有個女人在聖母大教堂裡被謀殺？」我問。

「別擔心。哪個城市沒有毒品、妓女和死人？歡迎光臨墨西哥！」卡洛斯咧嘴一笑。

「但是那個女人死得很慘耶，這在城裡不算是大新聞嗎？」我繼續追問。

「是啊，在教堂裡吊死，還在嘴巴裡塞木炭，連舌頭都烤熟了，八成嗑藥嗑過頭。」卡洛斯的手指在腦袋旁轉圈圈，比出腦袋壞掉的意思。

「所以你認為是毒蟲幹的？」尼可拉斯問。

「墨西哥的犯罪十之八九和毒品有關。我的好朋友不要害怕，人生很短、要享受生活！你們要不要來點大麻？我可以拿得到，又便宜又好！不會嗑到腦袋壞掉喔。」卡洛斯說。

「不了，謝謝。」我答。

道路兩邊的房舍密集了起來，我們正穿越一個壁畫隨處可見的小鎮，裸露頹圮的磚牆透露出居民的物質生活貧乏，鮮豔隨性的塗鴉則顯現其精神層次的奔放，這種不羈的靈魂令我聯想到紐約的哈林區。

我在錯身而過的巷弄間瞥見一幅用色大膽的聖母像，畫中張開雙臂的聖母穿著粉莓紅色洋裝和翠綠色披巾，四周環繞豔黃色的熊熊火光，彷彿教廷獰著笑意迎接我們。

「真的不用？大麻煙？大麻餅乾？大麻蛋糕？保證嗨翻天！」卡洛斯猛轉方向盤邊超車邊說。

「真的不用了，我們只想好好觀光，沒有打算嗨翻天，不過還是謝謝你的提議。」尼可拉斯婉拒。

「很好，純觀光也很好。」卡洛斯從後照鏡向我們眨眨眼。

我又打了一次電話，依然徒勞無功。我真的很擔心母親，她平常只會賣弄風情指使男人幫忙，在和殺手正面交鋒之際，她的美色肯定派不上用場。我也擔心朱利安，或許他在北美洲可以呼風喚雨，在拉丁美洲可就鞭長莫及。

「阿娣麗娜，」尼可拉斯用鼻尖指著我膝上的背包，「我放在妳那裡的東西，還是交給我來揹好了。」

「好。」我知道他在說斧頭。我把背包放到兩腿之間，並壓低身體提防卡洛斯看見，接著迅速將斧頭遞給尼可拉斯，動作一氣呵成。

一望無際的相似景觀開始出現變化，我們駛進山坡地形，公路起起伏伏，其中幾段是勉強能會車的狹窄柏油路，路旁的土坡以石塊砌成擋土牆，車輛和房舍則愈來愈稠密。我很緊張，但更多的是期待。

計程車向左拐入一條石板路坡道，眼前豁然開朗，五顏六色的山城一角乍現。

「瓜納華托！」卡洛斯以標準的西語高聲讚嘆。

漆上各種色彩的房屋從山谷向坡地延伸，緞紫、鮮綠、可可色和向日葵黃的屋子沿著蜿蜒小路戶戶相連，將瓜納華托幻化為一座精彩的迷宮。

我趴在車窗上著迷的看著，誰能料到開著方形窗子、中規中矩的方形房子，在各自披上不同顏色的外衣後，竟能構成如此絢麗奪目的畫面，像是天使在這裡打翻了調色盤。

卡洛斯熱心地介紹起來：「瓜納華托在十六世紀時是西班牙的殖民地，因為開採銀礦使得居民愈來愈多。觀光客都愛去的景點有大學、劇院和木乃伊博物館，包準漂亮小姐嚇得緊抱男朋友！」

這時車子潛入一段曲折狹長、有許多岔路的地下道，黑暗如冰冷的海水淹漫。沉鬱的地底隧道中，從四面八方傳來的車聲回音完全壓制住指引方向的微弱車燈，詭譎的氣氛令我憶起在後台奔逃的夜晚和那個惡夢，我不由自主的摒息。

「瓜納華托地面上的路很窄，車子走地下道比較快，地下道以前是疏洪的水道，佈滿整個城市下方。」卡洛斯解釋。「好啦，進入市區啦！」

隨著計程車爬上斜坡、鑽出拱形隧道口，我彷如憋氣許久再探出水面般大口呼吸。我們重見天日、進入市中心、並開始塞車。

「十一月一號和二號是亡靈節，也就是緬懷往生親友的節日，現在城裡觀光客很多。」卡洛斯拍著方向盤邊哼歌，對於糟糕的交通狀況不以為忤。

透過車窗，每一個視角都有骷髏頭盯著我瞧。商店擺出骷髏造型的糖果，沿街布置的擺滿花朵和甜品的祭壇上，自然也少不了裝飾的骷髏。骷髏以墨西哥華麗的色彩妝點，呈現一種黑色幽默的詭魅。

雖是紀念死者的亡靈節，卻不見人們悲傷垂淚，兩名女子輕撫一張老人的遺照聊天，彷彿這天只是閒話家常的另一天。墨西哥人以一種正面的態度慶祝死亡，我喜歡這樣，坦然無畏的面對生死相隔的傷疤。父親辭世後母親便對他絕口不提，彷彿不去面對、心就沒有碎。

前方的人群散去，車流終於擺脫龜速，唱起如歌的行板。

轉過兩個彎後，卡洛斯忽然將車停在一個隧道口邊上的橘色小房子前。「先生小姐請等我一下。」

他匆匆跑下車，敲了敲橘色房子的木門，裡面走出一名年輕的墨西哥男子，兩人一見面就熱情擁抱寒暄。

「這是我表弟賈西亞。」卡洛斯用力拍賈西亞的肩，很驕傲地說，「他在皇家卡米諾飯店上班。」

賈西亞靦腆的笑了笑，卡洛斯接著說：「皇家卡米諾飯店是全瓜納華托最棒的飯店！五星級！裡面有健身房、庭園、游泳池、最好的餐廳和酒吧！」

原來是想推薦飯店給我們。我面帶懷疑的打量房子的外觀，看起來只有一個店面大、四層樓高，就算是民宿都嫌小。

「漂亮小姐，您現在看到的只是小小的後門，真正的皇家卡米諾飯店非常非常大，蓋在一大區地下隧道的上方。」卡洛斯口沫橫飛地說著，「如果你們想要住，賈西亞可以讓你們拿到特別的價錢，小姐喜不喜歡芳療？」

我也很想入住五星級飯店，可惜我們不是來觀光，行事低調是首要原則。看著卡洛斯熱烈的眼神，我一時之間不曉得如何婉拒好意。

「卡洛斯，我們想要找溫馨小巧的民宿。能不能麻煩你建議便宜又有隱私的旅館，然後不要離這裡太遠？」尼可拉斯替我解圍。

「沒問題！」卡洛斯露出理解的神情，朝我們擠眉弄眼了一番說，「不要人太多、要有隱私嘛。卡洛斯也年輕過。」

我尷尬的抓抓頭髮，尼可拉斯報以靦腆微笑。卡洛斯和賈西亞再次擁抱道別，這時我腦裡靈光乍現。

「卡洛斯，請問那個在聖母大教堂被謀殺的外國人是不是也住在這間飯店？」我打斷他們。

「對啊。不過漂亮小姐別擔心，飯店很乾淨，沒有鬧鬼。」他說。

賓果！我就知道，卡莉阿姨當然會選擇最奢華高檔的飯店。我又問：「能不能幫我問問賈西亞，他有沒有見過那位外國人？」

卡洛斯問過賈西亞後報告：「賈西亞說，他確實看過那位小姐幾次。」

「那有沒有什麼特別的事情發生呢？」我眨著無辜雙眼問，「拜託，我想知道所有瓜納華托的事。」

卡洛斯看來有些為難，但還是幫我問了：「賈西亞說，那位外國小姐哪裡也不去，成天坐在酒吧裡喝馬丁尼，只告訴別人她在等人。但是有一天賈西亞有幫他叫計程車。」

「去哪裡？」

卡洛斯的頭轉過去又轉回來，向我笑笑地說：「木乃伊博物館。」接著一巴掌使勁拍向賈西亞的腦袋，以西語大罵：「怎麼不叫我的車？」

「好了！好了！謝謝你們。」尼可拉斯遞給兩人小費，打發賈西亞回去工作。

卡洛斯回到車上，我們繼續前進。

「你知道嗎，我覺得很不對勁。」我靠近尼可拉斯悄聲說，「我猜卡莉阿姨是被設下圈套騙來的，太多疑點了，我們應該要蒐證。」

「其實我也有相同的感覺，我贊同蒐證，我們可以記錄下證詞、拍照，無論日後要報警、訴諸媒體或尋求政治庇護，也算握有證據當籌碼。」尼可拉斯說。

我不禁挑眉，原來尼可拉斯的想法不僅和我如出一轍，連接下來的計畫都盤算過了，他比我想像中的還要可靠。我微笑地想，等著瞧吧，教廷，我們是不會乖乖束手就擒的。

在等候一列遊行隊伍橫越馬路時，卡洛斯從前座遞了一張名片給尼可拉斯。

「有問題找卡洛斯就對了！開車、地陪、大麻，通通包在我身上！」

「謝謝。」尼可拉斯說。

卡洛斯凝視著他，語重心長的說道：「我的好朋友啊，你長得帥、人也挺好的，記得該花的錢就要花，對女朋友不能省。」

尼可拉斯頓時啞口無言，我則忍不住笑出來。

愈接近市中心車速就愈慢，最後終於卡住不動，到處都是慶祝的人群，我則藉機靜下心思考。和尼可拉斯達成共識後，我盤算了一下，首先，我們有策略，可以化被動為主動，再者，我們有資源，銀笛和斧頭的力量可以善加運用。

「快到啦！前面和平廣場上的就是聖母大教堂。」卡洛斯指著前方壯觀的黃色建築物說道。教堂前的噴水池廣場上遊客如織，我們又被一小群慶祝隊伍擋住，只好沿著環繞廣場的灌木花壇緩緩前進。我迫不及待地四處張望，期盼能在人潮裡發現母親或朱利安的身影。

突然我在街邊看見了似曾相識的面孔，剎時止住了呼吸。

是那個鷹勾鼻的小偷！他身穿黑色皮夾克，就坐在教堂對街的露天咖啡座上、和一個警察同桌共飲。兩人面向教堂大門比鄰而坐，不時交頭接耳、看來像是在盯哨。

「不要停，快開走！」我滑入前座和後座之間的空隙，壓低身子急急說道。

「怎麼了？」尼可拉斯問。

「我看到教廷的人了！」我說。

「繼續開！」尼可拉斯以西班牙文對卡洛斯重複了一次。然後問我：「妳確定沒看錯？」

「再確定不過。就是在劇院後台追殺我的人！有鷹勾鼻、坐在咖啡座上穿皮夾克的人！你看到了嗎？」我拉扯著尼可拉斯的褲管說，「朱利安曾說過殺手會在這裡埋伏，我一急都忘記了！」我像受驚的兔子般縮成一團，躲避獵人的箭矢。

「別擔心，既然對方還在守株待兔，表示他們還沒逮到任何人。」語畢，尼可拉斯拿出手機開始側錄我所說的對象。

尼可拉斯說得對，我們最擔憂的不就是彼此父母的安危嗎？現在敵明我暗，是個良好契機。

「只不過，現在我們得想個接近教堂的好辦法。」尼可拉斯說。

「我倒是有個想法。」我微笑，忽然覺得自己不再是畏首畏尾的兔子，而是探頭探腦的狐狸。

金斧頭（The Golden Ax）

湖神微微一笑：「你是個誠實的人，這三把斧頭都送給你。」

於是，這次樵夫離開森林時帶的不是柴薪，而是自己落入水中又失而復得的鐵斧，以及湖神餽贈的金斧與銀斧。

第五章

轉彎，再轉彎，上坡下坡，左拐右拐。

一棟棟緊密相連的方正屋子讓每條巷弄看起來都十分相似、卻又不盡相同。卡洛斯帶著我們在市區裡繞得暈頭轉向，找到隱身小巷裡的民宿前，我們還得先將車停在馬路邊，沿著夾藏在兩側民宅間的階梯蜿蜒而上。

付清車資時，我們加上了一筆不錯的小費作為酬謝，卡洛斯非常高興，他再三道謝並擁抱我們，最後才歡天喜地的離開。尼可拉斯證明了自己不是小氣鬼，我則對於自己的過度防衛有些過意不去。

「現在呢？」尼可拉斯問。

「走吧，參加化妝舞會的時間到了。」我狡獪地笑了笑。

「妳的意思……不會是我所想的那個吧？」尼可拉斯哀嚎。

「正是。」我輕快地回答，「走吧，我們去試試看你爸和我媽能不能認出哪個死人骨頭是自己的小孩。」耶！我愛亡靈節。

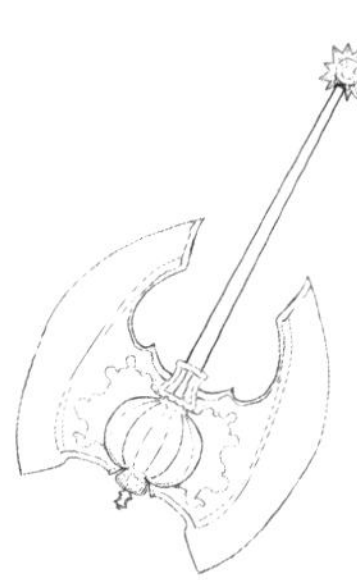

歡慶佳節的瓜納華托像是一場盛大舉辦的園遊會，居民將祭壇設在人行道上相逐競豔，祭壇上大多整齊擺放玉米羹、麵包、巧克力、粽子、辣醬、南瓜、甜食等供品，中央則供奉亡者的照片，四周並以菊花的黃色花瓣圍起。

骷髏是亡靈節的象徵。販售紀念品的商店陳列出彩繪骷髏周邊商品，雜貨店和餐廳也貼了五顏六色的骷髏和花朵樣式剪紙。糖果店賣起飾有血紅色糖霜的骷髏杯子蛋糕、頂著花朵裝飾糖片的巧克力骷髏以及骷髏造型棒棒糖，成堆的骷髏在貨架上咧著嘴笑。

「來嘛。」尼可拉斯一臉無奈的被我拖進服飾店。

變裝是亡靈節的另一項傳統，人們喬裝打扮成骷髏，簡單點的是將面部塗白、五官畫成黑色的窟窿。用心些的則以細緻的筆觸在臉上描繪蕾絲、花朵等圖案，搭配羽毛歌姬、黑色搖滾或鬼新娘等誇張造型的服裝。

好心的服飾店員替我們免費化妝，讓我們搖身一變為化著同樣妝容的骷髏雙胞胎。我倆的臉上撲著厚厚一層慘白粉底，眼睛畫成盛開的紅玫瑰，鼻尖塗黑、嘴巴則變作一條黑色縫線。現在保證沒有人會認出我們來，就連我也認不得我自己。

「我真的覺得你扮女裝會更好，想想看，教廷絕不會料到兩個走在一起的女生是我們。」我饒富興味地揮舞著黑色蕾絲洋裝的喇叭袖，開始覺得命運站在我們這一邊。

「絕無可能。」尼可拉斯板著臉說。他穿著合身剪裁的黑色鑲金邊西裝，配上一頂彆扭的黑色高禮帽。

「反正也不是第一次了，你小時候也穿過我的裙子啊！」我裝模作樣地唉聲嘆氣，「唉，真是懷念從前哪！」

他不理會我，直接岔開話題：「殺手既然會同警察一起在教堂守著，所以警察局是不能去了，殯儀館八成也有安插他們的人手。此外，站在教堂外面等我爸和妳媽也不是辦法。」

「那怎麼辦？」

「我們就讓他慢慢等。木乃伊博物館是卡莉到瓜納華托後唯一去的地方，不妨從那裡著手進行調查。」

「不錯嘛，白宮沒有請你當幕僚真是太可惜了。」

濃厚的彩妝遮蔽了原本的面容，也帶來了十足的安全感，我們沿著石板路往位在市郊的木乃伊博物館走，不避諱地談起來此的主因。此時我們是兩個低聲交談的無名觀光客，已非原先赤裸脆弱的標靶。

「我想多瞭解你說的反制計畫。」我對尼可拉斯說。

尼可拉斯檢查手機裡拍攝畫面的清晰度，說道：「我的計畫分為四階段，前提是蒐集到有用的證據。妳的手機應該也有拍照、錄影和錄音功能吧？」

我點頭。

「只要我們擁有足以證明教廷謀害他人的證據，就握有談判的籌碼。和平談判是最理想的結果，畢竟我們從來就沒打算利用特殊身份動搖世上的宗教信仰，我們只想繼續低調過日子，兩者的需求根本不衝突。」他說。

「是沒錯，雖然我希望教廷為卡莉阿姨的死付出代價，但我也不願意身份曝光後被五十一區抓去解剖研究。」我喃喃道。

「先別對理想結果抱有希望，我們斡旋的對象狡猾又冷血，圓滿解決的機率趨近於零。倘若我們以證據要脅，很可能演變為教廷派出更多人手來消滅證據。這樣的話，第一階段便宣告失敗。」

「好吧，那第二階段呢？」

「將證據寄給警方。就算墨西哥當地警局被買通，我們還可以寄去法國警察局、美國聯邦調查局甚至是聯合國。」

「那我們不就曝光了？」

「第二階段將會形成教廷、警方和我們三方角力的局面，雖說可以匿名寄出證據，但循線追查不難發現我們和卡莉有關係。在警方將兇手逮捕歸案前，我們除了要躲避教廷追殺，還得要防止警方追查太過深入，連教廷意欲毀滅法器和其持有人的秘密都查出來。」

「天哪，我媽和卡莉阿姨的私交一定會被發現，我媽絕對沒辦法應付警察的。況且只要調閱出入境資料就會知道我們到過墨西哥，很容易猜到匿名證據是我們寄的吧？」

「只要我們矢口否認，光憑出入境也沒辦法證明什麼。況且我們可以用公共電腦的網路寄送郵件，就更難以追蹤。」

「測謊呢？」

「只有涉案人會被要求測謊，沒有聽過線民需要測謊的。」

「好吧。要是警察不能破案呢？或是教廷隨便派個替死鬼結案呢？」

「那麼就進入第三階段，把事情鬧大！」尼可拉斯的雙眸在玫瑰花瓣的簇擁下閃爍光芒。

「怎麼說？」

「把證據交給媒體。」他朝我淘氣的眨眨眼，「涉嫌謀殺善良老百姓的議題肯定會讓教廷應接不暇，所有媒體都會搶著追這條新聞，記者們則二十四小時排隊守著梵蒂岡。」

「我喜歡！我們就讓教廷忙一忙。」我冷笑。

「先別高興得太早。雖說媒體關注會督促警方查案，不僅可以暫時嚇阻追殺行動，搞不好比警方更有機會挖出教廷的獵巫秘辛，但這也讓我們多了一個要逃避的對象。」

「喔不，狗仔隊！」我慘叫，「只要記者搞懂了來龍去脈，我們的法器和身份肯定會被抖出來。」

「其實，提交證據給警方或媒體後就沒有回頭路可走，也會更堅定教廷殲滅我們的決心。所以第四階段就是直接承認身份、並且尋求政治庇護。」

「大方承認就是我們的最後一步？拜託喔，我才不要像怪獸大戰外星人那樣，和一堆特異功能人士關在密不透風的實驗室裡為國奉獻咧。」我抱怨。

「這是直接被招聘為情治人員的好機會耶，或者妳不想為國捐軀，我們也可以組成舉世聞名的雜耍馬戲團。」尼可拉斯邊笑邊做出拋接球的動作。

「是啊，身手矯捷的尼可拉斯探員。」我皺著臉譏諷道，「我差點以為你要砍了黑桃A的手呢！」

他一臉無辜地說：「妳怎麼會這麼想？」接著展露笑顏，「艾德溫管家是我的武術陪練欸，我才打不贏他呢，他可是老當益壯，不要把我大卸八塊就不錯了！」

「就算不動拳腳功夫，關在研究室裡發明個什麼蝙蝠車的一定也很適合你。」我啞然失笑，指指他佈滿厚繭的雙手。

「確實是個好點子！」他順著我的話說。

「我那是在反諷，老兄你真荒唐。」我白他一眼，「算了，我們來討論一下練習法器的事吧？」

「我從五歲開始習武、音樂是妳的專長，我們需要練習什麼？」

「當我們面對敵人時，銀笛得吹出有用的曲調才行啊。」

「妳知道音樂不是我的強項，我幫不了妳。」

「不見得，晚上我們可以一起翻看樂譜，討論派得上用場的曲目。」我不懷好意地笑，「然後在你練斧頭的時候實驗曲子的效果。」

尼可拉斯瞇起眼睛看著我，緩緩道：「妳剛剛說誰荒唐？」

路上行人漸少，拎著長裙裙擺爬坡二十分鐘後，我們趕在木乃伊博物館休館前到達，幸好我穿球鞋。這幢簡潔肅穆的白色建築物僅單層樓高，裡面收藏了一百多具因特殊土壤和乾燥氣候而自然形成的木乃伊。

我不喜歡乾癟的屍骸，木乃伊總是讓空氣聞起來有股死亡的怪味兒，走得近一點，似有若無的微微屍臭就會竄入鼻間、來個免費大放送，一整天都附著在鼻腔內如影隨形。

「走吧？」尼可拉斯買好門票，博物館外只剩零星稀疏的遊客拍照留影。

「好，可是我不確定到了裡面應該找些什麼？」我遲疑著。

「或許等我們看到後就會知道了。」他說，「妳拍照、我錄影，感覺奇怪的地方通通拍下來，省得還要來第二趟。」

「完全同意。」我邊走邊翻看簡介，上面說有個病重昏迷的女人被誤判死亡而下葬，後來挖出的木乃伊呈現了其甦醒後掙扎的姿勢，讓我打了個冷顫。

這時，一隻手牢牢扣住我的肩頭，我的目光直覺地瞥向肩膀，竟看見一隻風乾枯槁的木乃伊的手，頓時嚇得放聲尖叫。順著那手往後看，抓著我的是一個滿臉皺紋像是有一千歲的墨西哥乞丐婆，她的臉上掛著悽慘詭異的笑容，雙眼直勾勾瞪著我、嘴裡還唸唸有詞。

尼可拉斯一個箭步衝上來推開乞丐婆的手，迅速將我拉到他身後，接著一手護住我、一手擋向對方。

衣衫襤褸的乞丐婆似乎有些精神失常，她的頭髮糾結油膩，指縫也塞滿污垢，渾身散發許久沒洗澡的酸臭味。乞丐婆操著急切的西班牙語，混合著卑微與懇切的口氣聽來正常，眼神卻凌亂飄忽，蹣跚的步履則始終繞著我們打轉。

博物館保全人員很快地圍上來，叫罵著想將滋事的乞丐婆攆走，推擠間乞丐婆不斷尖聲抗議，幾度還因為重心不穩差點跌倒，於是她將怒氣轉而發洩到圍觀遊客身上，嚇得人們紛紛走避。

失去聽眾的乞丐婆邊走邊對著空氣咒罵，直到她的影子沒入石板路的彼端，都還能聽見那齜牙咧嘴的咆哮。

「妳還好吧？」尼可拉斯回過頭來關心地問。

「真倒楣。」我拍拍衣服，撢去肩上的髒污和病菌。

「別在意，只是一個可憐的老乞丐而已。」他說。「走吧。」

博物館大門在我們背後轟然闔上，將屬於生者的陽光與嘈雜盡數隔絕在外，木乃伊在走道兩側的玻璃櫃中並排站立，乾枯的皮膚黏貼在骨骼上，曾為雙眼的位置僅剩漆黑孔洞，嘴巴則貌似驚訝地大大張開、供人好好地檢查牙齒。我和尼可拉斯將拍攝中的手機握在胸前，彼此的腳步與呼吸聲緊緊依偎。

「這裡死人比活人多，有點恐怖。」我努力維持面無表情，身體卻很誠實的起了雞皮疙瘩。

「你看看周圍，死神面前不分男女老幼人人平等。所以我反倒覺得木乃伊讓我有種淡泊的體悟。」尼可拉斯平靜的語氣在一片寂然中飄盪。

「天哪，你真不像朱利安的兒子。」就我所知，朱利安非常懂得犒賞自己努力工作的成就。

「我爸本人大概也這麼想。」他苦笑，「可是名利確實不是我人生追尋的目標。看看這些木乃伊，他們現在還能計較生前多有名、或賺了多少錢嗎？」

「是不行，不過錢財確實能提升生活品質，起碼我們負擔得起瓜納華托的旅費。」

「物質生活是無止盡的比較和追求，端看個人心中的一把尺。就拿卡洛斯來說吧，唱歌跳舞、喝酒呼麻就是他享受人生的定義，他又何必買張機票出國去追尋所謂的快樂？」

「我同意錢夠用就好的想法，這一點該感謝我媽，我從來沒體驗過斤斤計較的生活，當然也就沒想過要汲汲營營追求財富。但願教宗也像你那麼豁達，我們就不用躲躲藏藏了，機票錢也花得甘願點。」

「其實我在想，如果教宗對獵巫行動不知情呢？」尼可拉斯沉吟，「權力總是伴隨著鬥爭，或許教廷本身也有派系角力。我不相信整個教廷都傾向支持獵巫行動，畢竟曝光的代價太不名譽、太可恥。」

「我的天，多虧你這個篤信陰謀論的瘋子，我是絕對想不到這一點的。」我拍手叫好，「我們應該抓個殺手來嚴刑拷打，以其人之道還治其人之身。如果真像你所說的，那可是大大削減了我們敵人的銳氣了。」

「搞不好我們還可以和教廷的另一方合作，讓獵巫行動的醜聞變成鬥爭籌碼、來換取自由之身。」他建議。我大笑不已。

我們從幾具嬰屍旁走過，死掉的小孩特別恐怖，因其和天真可愛的刻板印象對比太過強烈，所以更顯得毛骨悚然，彷彿乞丐婆在我肩頭施下的力道又隱隱浮現。

「對了，剛剛博物館外面那個乞丐婆說了什麼啊？」我問尼可拉斯。

「喔，她一直重複說些奇怪的話，什麼博物館裡的木乃伊是歐若拉公主的子民之類的。」他心不在焉的說。

「繼續說。」我停下腳步，認真思索他的話。

「她說歐若拉公主的僕人們因為紡錘的魔咒而沉睡，後來只有公主一個人被喚醒，其他人通通莫名其妙被活埋了。到底誰是歐若拉公主？」

「睡美人……」

「等等，」尼可拉斯驚呼，「卡莉該不會就是為了這個來的吧？」

「乞丐婆還有說什麼嗎？」我急著想知道更多。

「她大聲譴責政府將這些人當作展示品，還說公主承諾會找回紡錘，然後回來解救她的僕人們。」

「天哪，我們得要趕快去找那個乞丐婆問清楚。」我和尼可拉斯對看一眼，為了錯過重要證人感到懊惱。

我們可以說是跑出木乃伊博物館的，可惜匆匆繞了一圈，館外和馬路上都再也沒見到那瘋瘋癲癲的乞丐婆。再回頭時博物館已經休息了，我們只好沿著原路返回市中心，期望能在某個角落發現乞丐婆的蹤跡。

「教廷一定是拿遺失的紡錘做為誘餌、把卡莉騙來瓜納華托。」尼可拉斯斷言。

「所以賈西亞才會說卡莉阿姨每天都在飯店等人，而且這段期間也只有去了趟木乃伊博物館。」我說，「尼可拉斯，我大概猜出我們的身份了，嚴格說起來，我們不是能施展法術的女巫和巫師，只是擁有了力量很特別的法器，而且，幾乎每個人都聽過關於我們的事蹟。」

「我不懂？」

「我們是童話故事裡的人物。」

尼可拉斯一臉茫然，於是我解釋道：「卡莉阿姨是睡美人，她的法器是令人長眠不醒的紡錘。我和我媽是吹笛人，就是故事中吹著笛子將老鼠引進河裡淹死、又把小孩們拐到山洞裡的陌生人。你說你們家祖傳的斧頭有三把，該不會是金、銀、銅三把吧？」

「正是。」

「所以你和朱利安是誠實的樵夫。另外我還聽說我們之中有個人住在澳洲，她有魚尾巴。」

「美人魚？」

我點頭，接著從皮夾拿出自翡翠湖小屋書房裡偷來的名單。「我從你爸的書房裡發現了這個。」

他接過去一行行仔細讀著，「妳在哪裡發現的？」

「在一本聖經裡面。」我搓著手，怕他指責我是小偷，也怕他哈哈大笑讚美我幹得好，不過他僅是專注於紙片上。

「我爸根本不信教。」他將紙片還給我，「妳知道嗎？如果教廷使出誘騙卡莉的詭計，我們應該要通知這張紙上的其他人，免得又有人上當。」

「你說的沒錯！我們要反將一軍了！」我雙手握拳，感到興奮不已。

獨立是種我早已倦怠的習慣，沒想到有人分憂解勞竟是那麼地輕鬆、痛快！尤其尼可拉斯夠機警、有膽識，和他商議反制計畫就如同進行一場效率超高的動腦會議，我們順著彼此的思路大步躍進，輕輕鬆鬆便達成共識，他簡直是我亡命天涯的最佳拍檔！

色彩繽紛的山城像是灑落的一把法式水果軟糖，西沉的斜陽將我倆的影子拉成兩倍長，在餘暉閃耀中昂首闊步。

一陣熟悉的電話鈴響起，將我拉回現實。

「天哪，是我的手機響了。」我慌張地從口袋裡翻出手機，螢幕顯示為母親的來電。「是我媽！」我高呼。

尼可拉斯站在我旁邊，一臉緊張地等待著。

「媽？妳在哪裡？」我急急地問道。

「我和朱利安剛到巴黎呀，妳和尼可拉斯到底上哪兒去了？」話筒傳來母親驚慌的聲音。

「真高興聽到你們平安無事！」我轉頭以唇語告訴尼可拉斯「他們在法國」，接著說：「我們到瓜納華托找你們了。」

「什麼？不是告訴過妳要待在朱利安家，妳們去墨西哥幹嘛？」母親氣急敗壞地喊。

「把銀笛帶給妳啊，妳拿錯笛子了。」我說。

「這麼說來，你和尼可拉斯合力將艾德溫管家關在地下室、還打破玻璃牆蹺家的事情是真的了？」她尖銳地問。

「這我可以解釋——」

母親打斷我，憤怒地低吼：「快點回加拿大！都跟妳說了事關重大，妳怎麼還這麼不聽話？真是太令我失望了！而且妳自己做壞事也就罷了，居然把尼可拉斯也拖下水！妳知道朱利安有多生氣嗎？」

我愣了愣，話筒的另一端傳來母親怒氣騰騰的呼吸聲。母親絕少罵我，她會以退為進、會用眼淚攻勢，但還不曾如此嚴厲的責怪我。

「我是因為擔心妳，才會拜託尼可拉斯幫忙的……」

「妳們兩個擅自離開翡翠湖小屋，這才叫做讓人擔心！現在快點去機場，買機票回家去！」

「媽，妳聽我說，我和尼可拉斯發現卡莉阿姨是被誘騙到瓜納華托的，我們正在蒐集證據，而且已經討論出幾種對抗教廷的方法——」

「夠了！」母親再度打斷我，「現在就去機場！」

「不要！我才不要繼續悶不吭聲的任人宰割。」我賭氣的說。

母親氣得歇斯底里大吼：「不要任性了，阿娣麗娜，現在就回家！」

「絕不！」

我倔強的嘟著嘴，和母親隔空對峙，一旁的尼可拉斯從對話中得知情勢，眉頭深鎖的望著我。另一頭則傳來朱利安勸服母親將電話交給他的聲音。

「阿娣麗娜，妳聽我說，為人父母最重視的就是子女的安全。墨西哥是個危險的國家，到處都是毒販和幫派份子，外國女生晚上單獨外出還會被強暴！只要妳和尼可拉斯一天沒回家，我和妳母親就多一天擔心受怕、夜不成眠……」朱利安祭出溫情攻勢，令我有些動搖。

「我和尼可拉斯的確不該偷溜出來，對不起。」

「沒關係，現在就回家吧。」

「對不起，但我們現在還不能回去。我們今天拍到殺手埋伏的畫面，還認識了幫卡莉阿姨叫計程車去木乃伊博物館的證人，發現許多卡莉阿姨到墨西哥的疑點，再多幾天時間，一定可以收集更多不利於教廷的證據。」我努力裝出自信的聲音，「我和尼可拉斯住在很低調的民宿，外出都會喬裝，沒問題的！」

「孩子，和教廷溝通是大人的事，我希望妳和尼可拉斯不要插手。我和妳母親明天就會回去加拿大，妳們也趕快動身吧，我們見了面再說。」朱利安耐性漸失。

「聽我說！我們已經掌握很多線索了！我們甚至遇到一個知道內情的乞丐婆——」

不等我說完，朱利安便語帶嫌惡道：「不，妳才聽我說！知名建築師的兒子跑去住民宿？優秀音樂家的女兒和乞丐打交道？妳們是不是還和小偷毒販交上了朋友、一起在不衛生的路邊攤吃飯？妳們兩個跑到滿是疾病的髒地方廝混，這是貶抑身份、有辱門風！」

我氣得說不出話來。我知道朱利安一直自詡為上流紳士，但從不曉得他的階級意識那麼嚴重。在他眼中，巴黎、紐約、倫敦那種擁有五星級飯店和米其林餐廳的城市才稱得上「乾淨地方」，小偷、乞丐、毒販在街上橫行的地區就不入流。

我很想大吼，其實根本只有檯面上和檯面下的差別而已，難道他就只在意膚淺的表象嗎？。尼可拉斯默默的陪在一旁，看著我從努力辯解到無言以對，最後乾脆一把將手機搶過去、掛上電話。

「你幹嘛？」我目瞪口呆的看著通話被切斷。

「妳打算聽他們的話回加拿大嗎？」尼可拉斯問。

我看著自己的腳尖好一會兒，然後堅定的搖搖頭。

「很好，我也是。」他挑眉道，「既然他們已經平安抵達法國，那就不需要再為他們擔心啦。接下來我們可以專心蒐證，還有通知名單上的其他人，妳也想繼續完成計畫吧？」

「當然。」我瞪他一眼，「你爸居然嫌墨西哥髒，還說路邊攤不衛生。」

「他不過就是個混蛋。妳要不要路邊攤的玉米餅？我請客。」他向我擠眉弄眼。

「要。」我噗哧而笑。

他不知說了什麼讓玉米餅老闆娘樂不可支的笑話，總之為我們換來滿滿的餡料。對照朱利安對販夫走卒的鄙夷態度、與尼可拉斯和攤商聊天時的泰然自若，讓我驚覺父子嫌隙並非我原以為的單方面的問題。

「太好吃了！我的味蕾說它要移民來墨西哥。」我捧著玉米餅邊走邊吃，洋蔥、番茄和現炒雞肉混合在一起的鮮甜滋味令人齒頰生津。

「不氣了？」

「嗯。」我留戀地回望攤子上裝滿醬料的藍色鐵鑄鍋。

「如果妳還生氣，我就要多買一份給妳。真可惜！」尼可拉斯拿我的饞相開起玩笑。

「哈哈，好會哄我開心。」我乾笑，「不過我正在控制身材，真可惜！」

尼可拉斯上下打量我一番，道：「有需要嗎？」

「當然啊，我明明和我媽的體重一樣，可是我看起來就是比較圓，一定是水腫。」我嘆氣。

「我的意思是，妳不是一直都這麼圓嗎？」尼可拉斯眉開眼笑，大大的咬了一口玉米餅。

夕陽轉身旋緊了夜燈，昏黃的蒼穹陷入黑暗。瓜納華托點起了盞盞燈火，山城在夜色裡燃燒著熱情的橘紅，唯美而朦朧。

愈接近市中心愈熱鬧，街頭慶祝亡靈節的骷髏們在夜晚降臨後更加鼓譟。遠方傳來小提琴、小號和吉他活潑喧鬧的合奏，我感到體內對音樂的渴望蠢動著，就像嗜甜的人禁不住巧克力的誘惑。

我和尼可拉斯擠進人群，發現那是一支墨西哥馬利亞契街頭樂隊，由七個穿著傳統服裝的中年男子組成。不同音域與音質的彼維拉琴和吉他隆琴巧妙的譜出和諧曲調，長笛則柔和如鈴、平衡了吉他的狂放與小號的高亢。街頭樂隊搖搖擺擺向前推進，圍觀群眾則打著拍子大聲叫好。

樂隊持續移動，喝采的人們逐漸散去，馬利亞契街頭樂隊的曲風對我來說是全新體驗，我不願放棄，仍然跟在樂隊後面走。幾分鐘後，樂隊走進路邊的一個小型廣場，開起了戶外音樂會。

沿著坡地而建的方形廣場兩邊臨著民宅、兩邊面向街道，緊鄰廣場的宅子大門敞開，男人們搬出椅子聊天聽音樂，太太們忙裡忙外地端出食物招待大家，還有六七個孩子追逐嬉鬧。我和尼可拉斯坐在廣場邊緣的階梯上，靜靜的享受這一刻。

我喜歡墨西哥食物，喜歡墨西哥孩子純真的圓眼睛以及墨西哥女人身上歲月堆起的豐腴，那代表著許多個像今天一樣的幸福日子。我尤其喜愛墨西哥男人組成街頭樂隊，以音樂表述生活態度。就像卡洛斯說的，墨西哥人享受生活。朱利安真該帶著筆記本來觀摩，心靈的富足不是錢能買得到的。

這時，一個穿著花裙子的胖太太端著托盤在人群裡穿梭，她走到我們面前，遞給我和尼可拉斯各一杯龍舌蘭酒，我凝望杯中琥珀色的液體，再次為墨西哥人的熱情好客而心有所感。

這時，整個廣場安靜下來，所有人的目光不約而同落在一名唇上蓄有鬍鬚、約五十多歲的男子身上。

男子從靠牆的椅子上起身，繃緊的襯衫貼合著高壯的身形，眉間深刻的皺紋令他嚴肅的面孔更顯不怒而威，從眾人敬畏的眼光看來，似乎是族長之類有地位的人物。

族長高舉酒杯，說了一連串追思卡門奶奶的話，他的眼神悠遠、語調充滿感情，我雖然從頭到尾只聽得懂「卡門奶奶」，卻也為此時的氣氛所感動，跟著搖頭嘆息。

語畢，族長豪邁地將龍舌蘭一飲而盡，令我不解的是沒有人跟著乾杯，耳畔僅傳來溫和的掌聲及低語。接著從族長的右手邊開始，廣場上的人輪流發表起對卡門奶奶的悼念。

我尷尬的左顧右盼：「尼可拉斯，怎麼辦？我們好像闖入私人聚會了……乾脆現在開溜？」

「我們亂掰一些台詞，然後把酒喝光就好了。」尼可拉斯老神在在地說，「反正我們化著骷髏妝，根本也看不出誰是誰。」

「不行啦！這樣對卡門奶奶太不敬了。」我急得跺腳，其實是擔心一句彆腳西語也掰不出。

「妳該不會連一句『我永遠想念您』都不會講吧？要不要我現在教妳？」他問。

「我當然會講！」我說謊，「只是不好意思這麼厚臉皮。」

「那就留下啊，我是第一次參加家族聚會呢。」他狐疑地瞄我一眼，「不過要是妳堅持，我們也可以離開。」

儘管我的雙腳非常願意繼續待在派對裡，臉皮卻只想倉皇逃離，我猶豫不決，自尊心與好奇心相互拉扯。剎那間小廣場再度歸於寂靜，我驀然抬頭，發現只剩下我和尼可拉斯的酒杯是滿的，我們成了視線的焦點。

骷髏紳士尼可拉斯忙不迭舉杯，以真摯的語調朗誦道：「卡門奶奶，我們在每一個晨起時感謝你，並在每一個酣睡中懷念妳。我們愛妳！」說完便學著別人將龍舌蘭一口灌入喉中。每分每秒思念卡門奶奶的自白為他賺來熱烈掌聲。

現在只剩下我了。我努力想從記憶裡找出合宜的句子，腦袋卻乾燥貧瘠得像是滾滾黃沙、捕捉不到隻字片語。我聽見尼可拉斯在一旁悄聲提詞，但是我太慌張、喉頭也太乾澀，無論如何就是開不了口。

空氣抑鬱凝滯，四周鴉雀無聲，人群自動清出一條路，讓族長可以從廣場彼端直視我。族長灼灼的眼神如利箭射來，眉間的刻痕更加深邃，他以洪鐘的聲量對我說了一句話，我猜是「妳是誰」或「王八蛋」。

我心虛地低頭看酒杯、又抬眼瞄他，千頭萬緒理不出一句有用的台詞。

「對不起，我們是跟著樂隊走過來的觀光客。」尼可拉斯挺身而出。

「這是紀念卡門奶奶的晚宴，不是觀光活動。」族長肅穆的說。

圍觀群眾怒目相視，眼裡明白寫著不歡迎。女人們拉住自己的孩子，男人們則一臉陰沉瞪著我們，彷彿保護祖靈聖地的戰士，只待族長一聲令下，就要爭先恐後將我們碎屍萬段。

「對不起。」我從齒縫擠出一句西語。

家族成員等候族長有所反應，但族長不為所動。冗長的靜默壓得我喘不過氣，我忽然覺得每個人都成了著名的礦工民兵皮畢拉，我不是西班牙人哪。

尼可拉斯無懼充滿敵意的龐大目光，他向前斜挪一步，以自己的右半身遮住我的左半身，藉此顯示對我的維護。我可以感覺到他微微揚起的手臂肌肉緊繃，斂起的下顎防備而警覺。氣氛劍拔弩張，衝突一觸即發，我決定採取行動。

我對尼可拉斯輕鬆地笑了笑，出其不意走向樂隊、伸手向長笛樂手討他的樂器。吹長笛的大叔聳聳肩後將長笛交給我，為表誠意，我連吹嘴上的口水都沒有稍加擦拭就開始吹奏，凡是聽過一遍的樂曲，我都能記住七八成，我把聽到的民謠重新以自己的方式編出曲調，一邊吹一邊偷看族長的表情，他的眼光依然銳利如鷹，但臉上並無慍怒。

起先大家只是目瞪口呆看著我，在聽見我將某個小節故意改成後半拍、再加入華麗的裝飾音後，曲子注入的嶄新靈魂逐漸引起共鳴，大部分人的神情變得柔和，有人開始點頭打拍子，就連族長眉宇間的陰霾也煙消雲散。

一個、兩個、三個、最後是全部，樂手們加入演奏。樂隊頗能適應我的即興演出，忘記旋律時我就以簡單的和弦幫襯，樂手大叔們還調皮的走來面前和我互飆音樂，原本的長笛手則乾脆拿麥克風當起樂團主唱。

此刻廣場的歡欣氛圍更勝以往。

一對夫妻走到廣場正中央，隨著音樂熱情地扭動肢體，默契極佳的丈夫拉著妻子轉圈圈、轉了十多圈後妻子順勢倒在丈夫懷裡，下一秒妻子起身，兩人竟又跳起激烈的扭扭舞，完全不頭暈。接著更多伴侶跟進，街燈昏黃、星月閃耀，廣場儼然成了露天舞廳。

我吹了一首又一首曲子，等到覺得累了也盡興了，眼光才在族長旁邊搜尋到尼可拉斯的身影，兩人像是多年老友般促膝長談，說到開心處二人同時捧腹大笑，族長還高興得猛拍尼可拉斯的背。

我離開樂隊、走向尼可拉斯，對族長點頭致意。

「這位是桑托斯，卡門奶奶的長子。」尼可拉斯替我介紹。

「尼可拉斯，請幫我跟他說，對於闖入派對我感到很抱歉。」我說。

他們以流利的西語快速交談，笑容滿面的桑托斯眉頭舒展開來，沉重的眼袋上方有一雙澄澈直爽的眼睛。不久，兩人忽然瘋狂大笑起來。

「你們在笑什麼？」我陪著笑臉問。

「笑妳。」尼可拉斯說。

「我有什麼好笑？」我的笑容有點僵。

「我告訴桑托斯，妳性子比較急躁，他就說這點跟他老婆一模一樣。」尼可拉斯說。

桑托斯咧嘴一笑，用西語說了一句，這回我聽懂了「猛獸」這個單字。

「你們說我是母老虎？」我臭著臉問。

「我沒有這麼說喔，我只是說，妳的情緒反應……比正常人……明顯。」尼可拉斯雙手一攤。

桑托斯抿著笑意拍拍我，以不容置喙的威嚴將我的手輕覆在尼可拉斯的手上，示意我們加入跳舞的人群。我有點不好意思，尼可拉斯倒是適時地顯現紳士風範，他欠了欠身，讓我挽著他的手進入舞池。

晚風輕拂，夾雜西語的笑聲盈耳不絕。我一手擱在尼可拉斯肩上，另一手柔柔的握住尼可拉斯粗厚的指節，他的臂彎結實而溫暖。即使燈光昏暗、人影交疊，依然可清楚辨識尼可拉斯妝彩下的輪廓，月色勾勒出他下顎與鼻梁的優雅弧度，雖然在黑夜裡穿得一身黑，他的英俊仍足以令所有女子怦然心動。

這時樂隊開始演奏一首活潑的曲子，我們身旁的人紛紛扭腰擺臀，跳起誇張的舞步，我和尼可拉斯感染了歡樂的氣氛，也手拉著手跳了起來。

尼可拉斯將我拋出再拉回，牽著我的手旋轉再旋轉，我的黑色裙擺融入夜色，周遭都化為模糊的殘影，眼裡只剩下尼可拉斯清晰的笑容。

忽然一個重心不穩讓我差點跌倒，尼可拉斯趕忙將我拉向他懷中，我穩住身子，故意在他的胸膛前多停留了幾秒，感受他因我而起的劇烈起伏。

快歌之後跟著慢歌，樂隊換上了一首輕柔的曲調。我和尼可拉斯緩步輕移，有限的空間讓我們靠得很近，彼此亂飄的眼神一度相互接觸，尼可拉斯笑了笑，有些不自然的轉開臉，我則感到雙頰發熱，只好找些話題來打破沉默。

「你剛剛和桑托斯聊什麼聊得那麼起勁？」

「桑托斯自己經營了一家修車廠，我們討論在瓜納華托經營出租摩托車生意的可行性。」

「可行嗎？」

「瓜納華托太多階梯，這會降低租車的便利性和遊客意願，而摩托車的高成本又會顯得租金太貴。後來我提議換成價格低廉的電動腳踏車，順便解釋了如何將腳踏車加裝電動機和蓄電池。他很感興趣。」

「沒想到你不只愛修東西，還有點生意頭腦嘛。」

「謝謝。」他露齒而笑，散發出自信陽剛的氣息。

我隨即想起他一天之中為了我多次身涉險境，逃出翡翠湖小屋、駕駛水上飛機、差點被海關攔截、阻擋乞丐婆騷擾以及方才在致詞時挺身而出，我生平頭一次這麼受人保護。

「對了，今天很謝謝你。」我掩飾著語氣中的羞怯。

「嗯？」尼可拉斯溫柔的回望我。

「就是幫助我到瓜納華托啊，還有在木乃伊博物館遇到乞丐婆、和剛剛舉杯紀念卡門奶奶的時候。」我說。

「別客氣。」他微微一笑，牽動了我的心跳。

「我可不可以問你，」我遲疑了一下，還是決定問清楚，「在翡翠湖邊的時候，你對於我碰到你的反應很大，現在怎麼又願意和我跳舞？」

「我從小學習武術，對於突如其來的碰觸會有回擊的本能反應，我很怕自己會不小心誤傷妳。」他說。

「原來是這樣。」我心頭的大石落下，他不是討厭我。

尼可拉斯望向遠方，遲疑了片刻後繼續說道：「還有一個原因。一直以來，我父親對我的管教都很嚴厲，他堅持體罰是鍛鍊男子漢的最佳途徑，為了讓我夠資格成為繼承人，經常讓我使用家裡的武器收藏和他對打。我小時候不敢回擊，但是他從不手下留情，有幾次下手太重，還得讓艾德溫管家把我送去醫院治療。」

「天哪，我真不敢相信。」我停下舞步，氣憤的說：「他現在還會打你嗎？」

「從我極力避免和他相處以後，體罰就自然取消了。」尼可拉斯的語氣平淡，像是訴說別人的故事。

「尼可拉斯，我很抱歉。」我輕輕的揉著他的肩頭表示安慰，「但願過去五年我也在你身邊。」

「不要緊。我覺得我們現在相處得很好。」尼可拉斯凝望我。

我的臉頰染上緋紅，他熾烈的目光幾乎將我融化。我注視著他的雙唇，那是一道和我一樣的可愛黑色縫線，藏在白色粉底下的俊美唇型微翹，對我產生難以自制的吸引力。

我不安的轉頭，赫然驚覺身旁所有伴侶都毫無顧忌的熱吻起來，我再次抬頭擁抱他的鼻息，正好看見他盯著我的嘴唇瞧。我們的視線二度交會，卻見他吞了口口水、然後把臉別開。

我還以為他會吻我……我的失落隨著他的喉頭躍動而嚥下，在胃裡化作苦澀。

他對我有所感覺嗎？應該不會，他笑我長得圓、還戲稱我是母老虎。我告訴自己，他只是我的兒時玩伴、是朋友。

可是，一般人會為普通朋友做出這麼多犧牲嗎？我不懂。我只知道怦然心動如此真實。

音樂像寬闊無垠的海水、溫柔擁抱整個廣場，我們繼續在舞池裡，如隨波的海草交纏、搖曳。

對我來說，尼可拉斯不再只是朋友。

睡美人（La Belle au bois dormant）

若不是十六年前，父王命令銷毀舉國上下的每一支紡錘，也許公主在塔中遇見紡線的老太婆時還不會那麼好奇。

公主忍不住伸手觸摸，隨即倒下、長眠不醒。直到整座城堡佈滿藤蔓與荊棘。

第六章

隔天早上，我們獲邀到桑托斯家吃早餐。

空氣裡瀰漫著洋蔥和辣醬的香味，坑坑疤疤的長形木桌上放滿豐盛的餐點，桑托斯的家族和餐廳裡的木桌一樣源遠流長，世代在城裡經營車輛買賣修葺。墨西哥人的熱情則同食物滋味一樣令人接應不暇，桑托斯的太太不停的把豆泥、切達起士和炒蛋堆進我們盤子裡。才剛消化完一盤烤肉，又端上整籃的酪梨和鳳梨。

尼可拉斯和桑托斯全家一見如故，溝通毫無障礙自是原因之一，但我認為主因是尼可拉斯有種輕易和人交上朋友的天分。我曾以為他開貨卡、修東西等庶民行為是故意向朱利安挑釁，幾天相處下來，發現他是對種族、階級和職業皆不抱成見，也從未以貌取人。在他眼裡，在瓜納華托開計程車的卡洛斯和維也納愛樂管絃樂團的首席並無差別，這點令我感到不可思議，也自嘆弗如。

也許是女主人廚藝太好，席間我的嘴巴從頭到尾沒停過，好吧，其實也是因為我的西班牙文太爛。總之，我負責保持對食物的高度關注，讓桑托斯的太太因為我的捧場而喜歡上我。尼可拉

斯則獨挑大樑做公關、負責讓話題保持熱絡，我很放心讓他自由發揮，他不像我母親會任意勾搭別人。

尼可拉斯對桑托斯夫婦坦白說出此行目的是調查卡莉阿姨的死因，他們不僅答應保守秘密，還熱心的撥電話給親朋好友、打聽乞丐婆的小道消息。而那些有情有義的親友又打給別的親友，迅速組織起一張分支龐雜的聯絡網，並很快有了消息。

「Gracias，天哪，墨西哥菜真是太好吃了！尼可拉斯，請務必向桑托斯夫婦表達我的謝意！」我心滿意足的放下叉子說。

「這妳就別煩惱了，妳的吃相已經充分表現出謝意。」他笑著傾身以餐巾替我拭去臉頰上的沾醬，「桑托斯說他的員工曾看過乞丐婆向觀光客乞討，建議我們可以去城裡幾個知名景點找找看。」

我茫然點頭，腦子還停格在他替我擦臉的小動作。

「帶一點？」女主人捧了一個打包好的油紙袋對著我笑。

「不用、不用啦，Gracias！」我猛搖手，這怎麼好意思呢。

「沒關係，妳就帶著吧。」尼可拉斯抓過油紙袋塞進我懷裡。

「Gracias！」我收下食物，再三重複我唯一熟練的西班牙文單字。

桑托斯的太太摟著尼可拉斯的肩，又捏捏我的臉頰，努力以英文交代：「尼可拉斯吃多一點，像阿娣麗娜，胖胖、可愛。」

尼可拉斯笑得噴出一口茶。

「他們真是可愛，對不對？」桑托斯的太太對丈夫說。

我舔舔嘴唇，報以羞赧的微笑。他們夫妻倆顯然不相信我倆只是一起旅行的朋友，動輒投注的曖昧眼光如隱形的線將我們繫在一起，老實說，我感覺挺好的，我喜歡和尼可拉斯被當作一對。

我們步行在前往華雷斯劇院的路上，桑托斯的太太好心幫我們化了簡單的黑眼圈骷髏妝，讓我們在亡靈節的第二天、也是最後一天，得以好好運用能明目張膽在市內走動的倒數二十四小時。尼可拉斯計畫先去觀光景點轉轉、把乞丐婆找出來，然後再拜訪賈西亞一趟，看能不能挖出什麼消息。

「尼可拉斯，昨天晚上我媽打了五十四通電話，還在我的手機裡存下十五通留言，絕大多數都是在吼我，最後三通是苦苦哀求我們回去加拿大。呼！聽了好有壓力。」我說。

「妳打算回去了嗎？」他問。

「當然不。」

「那就先關機吧，等到要用的時候再開機。噢，別忘了每天傳一通報平安的簡訊。」

我不禁微笑，原來他不是一離開家門就像野生動物回歸大自然，母親肯定會喜歡這傢伙，咳咳，當然不是只有她喜歡。「我們預計在瓜納華托待一週對吧？七天應該不至於讓她崩潰。」

「希望我們可以順利查出卡莉來墨西哥的原因和兇殺案的細節，最好還能拍攝到兇手清楚的相貌。好好把握今天吧，明天起就不能大方的到處跑了，這就是我們必須隨身攜帶貴重物品的原因。」他說。

「隨時要有跑路的心理準備。」我無奈地點點頭，將手機關掉扔進背包裡，和護照、皮夾及銀笛作伴，我最基本的開溜家當。

「不要給自己太大壓力，妳不會慢一拍就拖累整個樂團，嘿，妳伙伴的聰明才智足令你瑕不掩瑜。再說，偵探的工作也需要靠點運氣，和天分。」尼可拉斯揚起一側眉毛狡笑。

我瞅了他一眼，心臟怦怦亂跳。

「對了，說到跑路，桑托斯願意借我們一輛車開回美國，你應該不想再坐飛機了吧？」他問。

「當然！桑托斯真是太好心了。把斧頭藏在車子裡面可比帶上飛機安全多了。」我說。

「我想，應該可以藏在底盤下或引擎蓋裡面。」尼可拉斯說。

「哇！懂機械的人真是太厲害了，我以後都要隨身攜帶一個。」我以手肘輕輕撞了他一下。

尼可拉斯露出淘氣的笑容，調侃道：「這是最新潮的求婚台詞嗎？」

我趕忙攤開偷來的名單，紅著臉道：「我們該先去拜訪誰呢？澳洲墨爾本的希妲……她就是美人魚，法國巴黎的卡莉，英格蘭利物浦的克勞德……朱利安說他已經死了，美國拉斯維加斯的海柔，德國萊比錫的李歐，美國印第安那波里斯的梅蘭妮，加拿大多倫多的朱利安……咦？你們很少住在翡翠湖小屋吧？這份名單到底可不可靠啊？」

「好吧，扣掉已經上天堂的和自己，我們得去澳洲、美國和德國，那就從最近的開始，先去喝杯兔女郎端的雞尾酒，然後賭個兩把吧？」尼可拉斯搓搓手。

「不好意思喔，海柔小姐的地址是在拉斯維加斯的舊城區，離威尼斯人、蒙地卡羅和貝拉吉奧賭場酒店遠得很。」我沾沾自喜地讀出地址。

尼可拉斯故意發出惋惜的輕嘆。

「對了，你該不會剛好德語也很溜吧？」我問。

「我不會說德文，不過萊比錫是大城市，說英文應該沒問題。」他回答。

「那就好。我終於不用站在你旁邊像個傻瓜一樣呆笑了。」我鬆了口氣。

「對啊，胖胖。」他嘻嘻笑，我則推了他一把以示懲戒。

我們一路打打鬧鬧，沿途經過一個公園，根據手機的衛星定位顯示，再走過兩個街區就抵達華雷斯劇院了。亡靈節的第二天也是國定假日，街上依然熱鬧無比，往來遊客絡繹不絕，四處都是笑聲，像是一場宿醉未醒的嘉年華會。

「阿娣麗娜！」尼可拉斯略為提高音量，「妳看！」

我墊起腳尖順著他指的方向望去，乞丐婆在前方二十公尺遠處踽踽而行，她身上穿著和昨天一樣的破爛衣裳，邊走邊對著空氣比手劃腳，惹來周遭遊客側目。不一會兒，她的身影又被叫賣紀念品的小販遮蔽。

「跟蹤她！等到人少一點的地方再把她攔下來。」我比了個往前的手勢。尼可拉斯頷首表示同意。

我們始終保持固定距離，儘管目標再明顯不過，要在滿街的特殊裝扮中跟緊一個乞丐依然難度很高，就像追著一個奇形怪狀的貝殼逐浪，貝殼總是在人潮推擠的浪頭裡稍縱即逝。

五分鐘後，我們果然在一個轉角跟丟了。我在原地自轉了一圈，三百六十度都沒有乞丐婆的蹤跡。就在我即將放棄之際，尼可拉斯的感應雷達掃描到了！

「那邊！她走進地下道了！」尼可拉斯喊道。

人長得高真好，既高又帥、人聰明還懂機械，就更是無敵了。我猛然回頭，果然瞥見油膩膩的頭髮和襤褸的衣角消失在深入隧道的斜坡邊緣。

我和尼可拉斯急忙跑上前去，毫不猶豫的跟著進入地下隧道。

地下道內是個截然不同的空間，有的路段暗無天日、有的甚至連路標也沒有，我們一度想要衝上去攔下乞丐婆，她卻好像故意和我們玩捉迷藏，總在我們看見她的下一秒立刻轉彎，並且帶著我們愈來愈深入隧道內部。

「還可以嗎？」尼可拉斯追蹤乞丐婆時不忘回頭看我有沒有跟上。

「可以，只是這些隧道看起來都好像，我們大概很難找到回去的路。」我小聲抱怨。

這是真的，地下隧道像是錯綜複雜的迷宮，單向和雙向路段交織，十字和三岔路口一個接著一個，遑論我們還得和車輛爭道。黑暗永無止盡，汽車化身為金屬怪物，從四面八方跳出來嚇人。我感到心臟猛烈的拍打胸口，翡翠湖小屋那晚的惡夢彷彿重現，這次還帶著幽閉恐慌襲來。

「我們得加緊腳步，希望在下一個轉角能夠趕上她。」他鼓勵我。

漸漸的我們偏離了主要幹道，往來車輛減少，幾乎沒有人煙。我想起卡洛斯的話，遍布全城下方的地下隧道從前用來疏洪，當然沒有設計人車分離的人行道，我們只能很勉強的貼著牆走，往往有車經過時便險象環生。

就在我閃避一輛轎車時，一個不小心撞上正前方的尼可拉斯，他停了下來，正把頭探出轉角窺探。

「怎麼了？」我問。

「噓。」尼可拉斯將食指按在唇上，遠方傳來了爭執的聲音。

好奇心驅使下，我忍不住一溜煙地鑽到尼可拉斯前面，他退後一步讓出空間給我，然後越過我的頭頂觀看下一條岔路裡的動靜。

數十步之遙，一個蓄著落腮鬍的男人正和乞丐婆相互拉扯，光線晦暗不明，只能隱約看出大鬍子比乞丐婆高出一個頭，挺著個大肚腩、目測超過一百公斤，他的穿著打扮和一般墨西哥人無異，倒也不像是會隨機搶劫乞丐的人。

遠遠的看不出兩人為何起衝突，乞丐婆以粗啞的嗓音怒罵對方，還作勢要拿起包包打人，忽然間局勢逆轉，大鬍子竟像是老鷹抓小雞一般，單手掐住乞丐婆的脖子、輕而易舉將她整個人拎起來，乞丐婆只能在空中揮舞雙手哇哇大叫。

乞丐婆從高聲咒罵轉為奮力掙扎，勒頸造成的缺氧讓她眼球暴突，看樣子她快要窒息了。大鬍子在千鈞一髮之際鬆開手，亟需空氣的肺部敦促乞丐婆立刻大聲咳嗽起來。

大鬍子並沒有放過乞丐婆，他好整以暇地自褲袋內掏出一把亮晃晃的匕首，而乞丐婆還急著喘氣，沒有注意到危機迫在眉睫。

刀光一閃，刺耳的尖叫聲在隧道裡迴盪，不到一秒，叫聲戛然而止。

兩道灰黑的人影在幽暗的空間裡交疊，乞丐婆被牢牢架在牆上，匕首的刀鋒埋入心窩，大鬍子將匕首狠狠側轉九十度，腥紅的液體瞬間染上乞丐婆的胸口。

乞丐婆表情驚恐，張大的嘴巴再也罵不出聲音，大鬍子緊抓著乞丐婆，直到她癱軟的身子如勁風掃過的麥穗般傾斜彎曲，大鬍子終於放手，任她倒臥在血泊中。

「走了！」我扯著尼可拉斯的衣角，他卻不為所動。

我以氣音問道：「幹嘛？」

尼可拉斯動作輕緩的從口袋摸出手機，我看出他是想要錄影存證。

「算了啦！」我急忙比劃著離開的動作。

「錄下來可以幫警方找到兇手。」他低聲說道。

這時，一輛車從我們身旁彎進岔路，掀起了一陣側風，也引起了大鬍子的注意。

大鬍子轉頭朝我們的方向看，車燈頓時像聚光燈般，清楚照映出他鬍鬚凌亂的臉龐，我本以為他會因畏光而瞇眼或別開臉，結果沒有，他戴著眼鏡與我四目交接，眼睛眨也沒眨。

「媽的，他戴了夜視鏡！」尼可拉斯立刻拉起我的手往回跑。

尼可拉斯的腳程很快，我更是拚了命的跟著跑，深怕拖累了他的速度，讓兩個人都置身險境。我們沒命地狂奔，一路上根本沒有機會交談，只能儘速衝進每一個轉彎，往有車聲的方向去，並期待在下一條岔路永遠甩開後方的腳步聲。

跑著跑著，我被一顆突起的鵝卵石絆倒、重重摔在地上，握住尼可拉斯的手也鬆開了，尼可拉斯迅速回頭將我扶起來，又繼續拉著我向前跑。我起身後咬牙忍住摔在堅硬地板上的疼痛，努力抬起腳步跟上尼可拉斯。

剛才那一摔讓我眼冒金星，同時也耽擱了致命的幾秒鐘。我突然被一股反作用力往後拉，我的手再度抽離了尼可拉斯的掌握、大鬍子抓住了我的背包。

尼可拉斯反身就給大鬍子一拳，大鬍子放開我、和尼可拉斯扭打起來，大鬍子塊頭雖大，移動起來卻貌似訓練有素的打手，每一個進攻都快狠準，尼可拉斯在激烈纏鬥的節奏中不停防禦，兩人的動作快到我幾乎看不清楚。

這個路段的車流量稍有增加，尼可拉斯和大鬍子在推擠間幾次差點撞向車子，好幾位車主瘋狂的按喇叭、還搖下車窗大罵。

我心急如焚，眼看尼可拉斯似乎屈居劣勢，又找不到任何插手幫忙的可能性，幸好大鬍子的匕首還留在乞丐婆身上，一時之間也沒看他亮出其他武器，所以雙方只能徒手搏擊。我想到了尼可拉斯背包裡的斧頭，可惜他沒空抽身把背包丟給我。

不一會兒，尼可拉斯趁著車輛擦身而過時以膝蓋重擊對手，大鬍子悶哼一聲，接著又被補上一記鉤拳，瞬間往後踉蹌退了幾步。

尼可拉斯猛然回身，趁著前後車距離拉遠時拽著我跑過車道。我想起尼可拉斯提到年幼時曾受過武術訓練，或許當年嚴苛的教育今天可以帶我們脫離險境。

後方傳來緊急煞車的車輪搔刮聲，我心知某輛車幫我們拖住了大鬍子，於是更拼命加緊逃亡的腳步。轉過一個彎後我們重見光明，一道斜坡出現眼前，幾秒後我們終於回到地面上。我們持續往前拔足狂奔，大鬍子絕對不會輕易放過目擊者。

「要不要分開行動？」我大聲喊。原本掩護我們的骷髏妝扮，現在可是讓我們成了活招牌，街上不會有另外一組穿著黑色宮廷風格的骷髏了。

尼可拉斯沒有回答，只是把我的手握得更緊了些。現在我們兩人都手心發熱，還微微沁出汗來。

我們跑過兩個街口，衝入一條又長又直的巷子，巷子兩側都是約莫兩層樓的高聳石牆，民宅就直接沿著石牆頂端向上加蓋，還往半空中向外多蓋了幾呎。慘了，這根本是沒有出口的直線衝刺賽道，我是吹長笛的、又不是練田徑的，怎麼可能跑得贏！

我回頭，看見大鬍子在我們身後三十公尺遠，跑了那麼久我們都沒能甩掉他，距離還愈拉愈近，難道真的要在這無邊無際的巷弄裡決一死戰了嗎？

這時前方出現一座橫亙兩側石牆的拱門，拱門上方則形成連接兩邊民宅的石橋。

「爬上去！」尼可拉斯大叫。

他手腳並用，踩著凸起的石塊匍匐向上，一手攀向支撐著民宅突出石牆部分的支架，沒兩下就穩穩的將身子固定在牆上，如一隻深諳爬牆的壁虎。

我跟著尼可拉斯的步伐，他看似輕鬆的動作對我而言卻費了很大功夫，好不容易攀附著石塊向上兩級，尼可拉斯身出手、把我也拉上石牆的支架邊緣。

我抓著民宅的支架，讓尼可拉斯有個支點可以借力使力，繼而將我推上石橋。這陣子我的體力被逼到極限，逃生本能也創造顛峰，我可以認真考慮轉行或發展副業。

我們爬牆花了太多時間，才剛登上拱形橋面，大鬍子就來到牆下，並且沒有放棄逮住我們的意思。

我們繼續向前跑，尼可拉斯牽著我跑進一座公園，他回頭確認了一下大鬍子還沒跟上來，就帶著我溜進一旁的天橋，教我壓低身子、踩著碎步迅速通過。天橋的另一端隱沒入對街蓋在挑高擋土坡的建築物內，我們進入市區，路旁出現了商店。

「等等！」我喊住尼可拉斯，示意他進入一間服飾店。

我們閃進服飾店後，先是向店員借廁所洗淨臉上的妝容，然後將整身衣服扔掉，重新買上一套，我換上墨西哥女性常穿的印花洋裝，尼可拉斯則買了花襯衫和長褲。若非時間窘迫，我一定會對於這身俗氣的打扮好好取笑一番。我們戴上新買的墨鏡，縱身投入人群。

繞了一大段路後，最終我們還是找到回桑托斯家的路，昨晚聚會的小廣場彷彿在黑暗中閃耀著黎明曙光，是收容疲憊靈魂的聖堂。算算我們已經整整躲避了兩個小時，尼可拉斯和我都累垮了。

我露出笑容邁開腳步，尼可拉斯卻阻止我繼續向前。

「是賈西亞！」他小聲說道。

沒錯，賈西亞和那個鷹勾鼻的小偷一起站在小廣場上，朝桑托斯家裡不住張望。可憐的賈西亞鼻青臉腫，看來是被痛揍一頓，不得已才將我們的出沒地點供出來。

避難所近在咫尺，敵人卻在門口守株待兔。我失望的一屁股坐在路面上，我全身都在酸痛，嘴巴乾渴、四肢軟弱無力，我已經沒有力氣繼續跑了。

忽然一個嬌小身軀竄出眼前，是桑托斯的兒子，尼可拉斯蹲下來和他交談。小男孩從口袋裡掏出一串鑰匙交給尼可拉斯後，又一溜煙的跑得不見人影。

「有人看見我們早上進了桑托斯家門，既然賈西亞被屈打成招，大概把我們的民宿也說出來了，現在民宿和桑托斯家都不安全。」尼可拉斯說，「所以桑托斯建議我們現在就走，走吧，車停在轉角。」

尼可拉斯將我從地上拉起來，最後幾步路，舉步維艱。我和尼可拉斯的首次出擊，就在落荒而逃中劃上句點。

半小時後，我們駕駛著桑托斯的轎車，特別抄小路繞過機場段，向北而行。

「當然是走最近的路啊，從華雷斯城通過美墨邊境，然後經過鳳凰城直奔拉斯維加斯，全長兩千六百八十四公里，開車時間總計二十八小時，我們大概第二天晚上就會到達目的地了，第一天可以在奇瓦瓦過夜。」我揮舞著手機螢幕上的地圖說。

尼可拉斯和我決定輪流開車，好讓雙方都能獲得休息。我們在分工這件事上合作無間，卻在路線選擇上產生了歧見。現在輪到尼可拉斯駕駛，理論上我應該扮演導航的角色，沒想到他早就做好功課，直接拒絕了我的建議路線。我打算從墨西哥中部長驅直上，他卻硬要走海岸線。

「沿著海邊走可以從蒂華納入境美國，據說蒂華納的檢查相對寬鬆。然後經過聖地牙哥和洛杉磯，都是人多的大城市。車程共三十三小時，其實和走直線距離差不了多少，無論如何都需要花上兩天才能抵達拉斯維加斯，當然要選相對安全的路線。」他說。

「只是開車經過而已，又不是要逗留，有那麼嚴重嗎？現在分秒必爭耶！多等一小時，搞不好名單上的人又少了一個！」我堅持。

「安全比貪快更重要，華雷斯是全世界犯罪率最高的城市，妳知道過去幾年來有多少個少女被姦殺嗎？」尼可拉斯對於我的固執顯得有些不悅，「少女是指十五到二十歲的年輕女孩，也就是妳。」

「奇怪，你不是陰謀論者嗎？那你不覺得教廷絕對猜不到我們會過境華雷斯嗎？搞不好教廷的力量在黑道地盤上根本起不了作用。」我不願妥協。

「妳也看見了謀殺乞丐婆的男人和等在聖母大教堂外面的不是同一個人，如果教廷派出的殺手不只一個呢？我敢肯定華雷斯有很多殺手願意收錢做事。」他沒好氣的說。

「恕我無法苟同你的看法，如果教廷派出很多殺手，那現在名單上的人應該每個都惹來殺身之禍了！我們又沒辦法確定大鬍子是教廷的人，他沒有配戴十字架啊，看起來也不像慈眉善目的教友。我連教廷都槓上了，還會怕壞人嗎？」我為了捍衛自己的意見，開始硬拗。

尼可拉斯重重的嘆了一口氣，索性將車停靠在路邊，轉頭向我嚴肅的說道：「華雷斯到處都是幫派份子，他們不是街頭混混，是走私毒品和軍火的黑道，我在墨西哥幫派裡沒有熟人，而我沒辦法忍受自己不能保護妳。」

他的眉頭緊蹙，專注認真的瞪著我，眼裡燃燒著裝扮成暴怒的關心與不被理解的氣憤。

我默默的點了點頭，臉頰燥熱得像是偎在爐火邊烤了許久許久。

轎車在筆直綿延的馬路上奔馳了一整天，周圍景色沒有太大變化，見識過瓜納華托的豐富色彩後，埋在黃沙裡的公路景致於是顯得單調貧乏。說好要輪流開車的，尼可拉斯卻老是說他還不累。

電影裡跳鼠、響尾蛇和仙人掌在沙丘上和樂融融的畫面可遇不可求，我經常瞪著一片荒蕪發呆，腦海不停閃過尼可拉斯牽著我奔跑和怕我危險而發脾氣的片段。曖昧的氛圍讓我不禁揣測他是否也對我有意思？每每思及至此，我又趕忙把這個念頭甩開，戀愛守則上不是說了嗎，在對方尚未表露心意前，千萬不要自作多情，以免後悔莫及。

唉，扣除偷瞄那令我臉紅心跳的溫暖手掌與深邃雙眼以外的時間，我利用閒暇以手機上網查資料，發現幾乎每個童話故事都流傳了好幾種不同版本，到底是故事描繪出我們的事蹟、抑或我們從故事裡誕生，始終無法理出頭緒。更氣餒的是，所有童話故事都和中古世紀的獵巫行動扯不上邊。

我們在車上吃三明治果腹，除了停下來買食物飲水和小解，其餘時間都在拼命趕路。當我們在墨西哥北邊的沿海城鎮納沃華找到一家破舊的汽車旅館時，都為了不用繼續窩在狹窄的車內而開心不已，旅館房間的陳年煙味和欲蓋彌彰的廉價香水味也沒那麼難聞了。

尼可拉斯很紳士的在房裡打地舖，我們當然負擔得起兩間房間，但他堅持待在一起比較安全，必要的話他還可以守夜。他的斧頭就放在伸手可及的枕邊，雖然明知道這麼安排是為了遷就手無縛雞之力的我，但我不好意思說的是，恐怕和他共處一室才會讓我睡不著覺……

這家汽車旅館也真奇怪，大燈像是隨時要熄滅似的要亮不亮，櫃子抽屜裡放的不是聖經反而是保險套，最該死的就是那盞床頭的小夜燈，燈泡居然立在一個公牛趴在母牛身上的瓷器頂端，根本就是情趣用品店買來搞笑的。

尼可拉斯躺在以棉被鋪成的簡陋床墊上，小夜燈橫亙在我們之間，散發出幽幽光芒，他身上濃濃的肥皂香味撲鼻而來，我必須努力克制自己不要去看他濕漉漉的性感——不——是『可愛』捲髮。真是討厭的夜燈！

「你覺得拉斯維加斯的海柔會是哪一個童話故事裡的人物？」我找話題和他閒聊。

「不知道。小紅帽？灰姑娘？」他枕在手肘上，瞪著天花板說。

「我今天上網讀了許多童話，關於吹笛人的故事倒是有些野史資料。其中一個版本是鎮民用計將染上黑死病的小孩帶到別的地方隔離。」

「殘忍。」

「據說在那個年代這樣做很正常。另外還有一個可信度更高的說法，故事中說孩子們一邊跳躍一邊離開，聽起來很像是亨丁頓舞蹈症的症狀，在鼠疫肆虐的時代，好幾個地區發生了集體出現舞蹈狂躁症的紀錄，所以吹笛人將小孩帶走可能真有其事。」我轉向他側躺著說。

「所以該說妳的祖先是圍堵疫情的英雄呢？還是兒童綁架犯？」

「不知道當時是為什麼要拐走小孩，但那些小孩八成不會在某個地方健康長大然後安居樂業，天哪，我光是用想像的就覺得恐怖。你倒好了，沒有人會懷疑誠實樵夫的品德。」

「不知變通的愚蠢節操如何？」

「這我可以接受。」我笑了，隨後又嘆氣，「可惜我們沒有查出卡莉阿姨到墨西哥的隱情。」

「我們姑且相信乞丐婆的話，卡莉是睡美人，教廷騙她到瓜納華托找回紡錘，妳知道這代表什麼意思嗎？」尼可拉斯坐起身問。

我略作思考後道：「可惡！教廷擁有她的法器！」

「而且我們還不知道法器的功能是什麼，萬一有什麼致命的力量——」

「不就讓人睡得很飽而已！」我撇撇嘴。

「——戳一下後長眠不醒，一輩子變成植物人也是很恐怖的。」他把話說完。

我打了個寒顫，尼可拉斯向來不缺乏對事物陰暗層面的想像。

「說到法器，我們應該來看看樂譜。」我翻身下床，將銀笛和祖傳樂譜從背包中取出來。

褐色皮革封面柔軟如水，毛孔和紋理清晰可見，樂譜的材質則是羊皮紙，採單面書寫，靠近一點還可以聞到淡淡的羊臊味。樂譜有明顯的翻閱痕跡，奇怪的是，以墨水譜寫的樂曲卻絲毫沒有被歲月侵蝕的跡象。

我翻開第一頁開始朗誦曲目：「韋瓦第的《四季》。韋瓦第的《海上風暴》。韋瓦第的《金絲雀》。貝多芬的《月光曲》。貝多芬的《悲愴奏鳴曲》……看來好像是依照作曲家排序。再來就是韓德爾的《皇家煙火組曲》。韓德爾的《快樂的鐵匠》……在說你耶！」

「所以，妳吹那首曲子會讓我快樂？」他笑道。

「聽來好像沒什麼幫助。」我紅著臉忽略他貌似調情的語句，繼續往下唸：「蕭邦的《雨滴前奏曲》。孟德爾頌的《威尼斯船歌》和《美人魚公主》的故事。柴可夫斯基的《睡美人》……好極了，你和澳洲的希妲還有卡莉阿姨都有專屬的曲子哩。接下來是什麼？布拉姆斯的《搖籃曲》——」

「妳可以用這首歌催眠敵人嗎？」他打斷我。

「不知道，但是我才不要站在戰場中等敵人慢慢睡著。後面還有帕格尼尼的《女巫之舞》。

拉威爾的《波麗路》。林姆斯基高沙可夫的《大黃蜂》。比才的《卡門》，其中的《鬥牛士進行曲》不知道會不會讓你士氣大振？」

「會不會讓對方也士氣大振？」他問。我聳肩。他又說，「剛才那個大黃蜂，搞不好是女王蜂的國防部直撥專線。」

「那也不賴，只要別敵我不分就好，銀笛的效果能不能針對特定對象真是個好問題。」我往下翻頁，「小約翰史特勞斯的《雷鳴與閃電》？這個應該很酷。還有華格納的《女武神》。」

「嗯。我們可以試試看女武神，我猜女武神應該不會保佑把她視為邪教異端的天主教。」

「唉！我沒辦法確定這些曲子會有什麼效果，可能要每一首都吹吹看才知道。尼可拉斯，你覺得呢？」

「別問我，我對音樂一竅不通，只能單就曲名字面上的意思做出評論。」

「對欸！你真是太聰明了！」我驀地睜大眼睛，「就是不能光就曲名下定論，所以我應該將每首曲子的結構和意涵做更深入的研究！最好將作曲家當時的狀態一併納入考量。」

「還有哪些曲子？」

「沒了。」我翻到封底，「等等，應該還有一頁……最後一頁被撕掉了！」

「怎麼會？」尼可拉斯爬到床緣，我將樂譜最後一面攤開給他看。「對耶，你看頁面接縫的裂痕是一道順暢的弧線，下方比上面足足多出三公分，看起來像是有人用力扯破的。」

「好奇怪。是誰撕的啊？最後一頁是什麼曲子呢？」我自言自語。

尼可拉斯和我相對無言，我望著趴在床邊的他，忽然發現自己的位置佔盡地利優勢，他上衣的領口鬆鬆地敞開，裸露的鎖骨、神秘的鍊墜還有胸口的一條淺疤，全都一覽無遺。

「你的臉還好嗎？」我檢視著他掛彩的下巴，那道瘀血是今天上午在地下隧道裡和大鬍子決鬥的成績。

他左右移動下巴，做了幾次咬合，道：「沒什麼大礙。」

「還有哪裡有傷嗎？」我問。

「是挨了幾拳，不過皮肉痛我早就習慣了。」他輕描淡寫道。

「我一定不會放過那傢伙的！」我恨恨的說。

他愈是表現的無所謂，我就愈感到心疼。我暗暗下定決心，明天非得想出以法器惡整敵人的方法不可！隨即準備好好睡一覺，收拾起銀笛和樂譜。

收完東西一回頭，我發現尼可拉斯正以熾烈的眼神凝視著我。

「幹嘛？」我的心跳急遽加速。

「沒什麼。」他露出迷人的傻笑，翻回他的床褥上，不作任何解釋。

「睡了吧？晚安。」我伸手關上那令人尷尬的夜燈。

「晚安。」他躺下。

夜燈熄了，我滿心的渴望依舊亮著。

尼可拉斯像是春天的陽光，溫暖而和煦，他的注視又燦爛得讓人睜不開眼睛。我很想問他胸前那道疤是怎麼來的？卻又擔心惹來一片烏雲的陰影。
我輕輕的翻過身面向他，他的雙手依然墊著頭，修長的身影在黑暗中形成一道若隱若現的黃色光暈，健美、優雅如展翅的天使。我想像自己蜷服在他豐厚的羽翼內，把頭埋進他結實的胸膛、手臂繞過他的頸項，然後迎接那柔潤的唇瓣……我經常偷瞄的、那稜線完美的嘴唇……
床墊很硬，床單讓我的皮膚搔癢，尼可拉斯均勻平穩的鼻息像是悅耳的催眠曲，我放任自己沉醉在甜美的幻想裡，只覺得輕飄飄的，沒過多久就睡著了。

第二天，我們沿著加利福尼亞灣北上，然後順利通過了美墨邊界。
尼可拉斯只靠著一把扳手，便巧妙的將斧頭藏在複雜的車體結構中。儘管如此，我們還是在等候通關的漫長車隊裡如坐針氈，倉皇不安的心情直到越過邊境的那一刻才得以解放。
乾燥空氣並沒有特別偏愛哪一邊，可是毫無疑問，跨過國界後即進入一個截然不同的世界。就像以烈酒杯盛裝、配上檸檬和鹽巴的龍舌蘭，與插著小雨傘、高腳杯裡的漸層色雞尾酒，兩者都是酒，但你絕對不會說它們相同。
揮別那明明是英文字母卻看似亂碼排序外加顛倒驚嘆號的西班牙文後，我終於回到看得懂招牌的國家。接近中午時我們在聖地牙哥的一家複合式加油站停下來，尼可拉斯幫車子加油，我則在商店裡做點小小的採購順便領錢。也是時候吃點熱量超標的巧克力棒，然後把身上花花綠綠的衣服給換下來了。

整個加油站裡都是說英文的人，我買了幾包垃圾食物，又替自己和尼可拉斯買了新的T恤及牛仔褲，結帳時還為了能替自己喜愛的男人買衣服而感到沾沾自喜。好心情持續到我站在提款機前，興高采烈地等待和美金的感人重逢之際，之後就再也笑不出來了。

「怎麼了？」尼可拉斯在車邊等候許久，於是走進來察看我的狀況。

「我的提款卡不能用了！」我正和提款機僵持不下，它已經第五次把我的卡片退出來了。

「會不會是提款卡的晶片壞了？妳有試過別張嗎？」他問。

「每張都試過了。」我緊張地磨牙，「這台機器八成有問題！」

「來試試看我的。」尼可拉斯將他唯一的一張提款卡塞進提款機，機器照樣不買帳。

「我有不好的預感。」我的指尖發涼，後頸冒出冷汗，果然，在詢問銀行後，確認我們兩人的提款卡都被掛失了。

尼可拉斯在得知噩耗後特別又致電信用卡中心，我真希望是他多心了，可惜禍不單行，我們連信用卡也失效了，不僅無法預借現金，連刷卡付費都不行。

「梅蘭妮在語音留言中有沒有提到過取消提款卡的事？」他問。

我趕忙將手機開機，當看見螢幕閃爍有未聽留言的燈號時，就知道尼可拉斯說得沒錯。

他迅速評估局勢，說道：「為了逼我們回家，我爸和妳媽故意斷絕金援，他們認為我們一旦沒錢了就只好乖乖回去。所以我們只剩下手機還沒被停話，目的就是留一條可以打電話回去的後路。」

「真陰險。」

「我身上大概還有一百美金、一百加幣和五百披索，你剩下多少現金？」

「兩百美金和七百批索。」我頹然道，「這樣我們要怎麼跑完拉斯維加斯、墨爾本和萊比錫？」

「身上的現金足夠我們抵達拉斯維加斯了，且戰且走吧，我們會想出辦法的。」他樂觀的說，「可惜只能玩兩把吃角子老虎。」

「是呀，可惜你沒有讓兔女郎為你服務的本錢囉！」

我倆相視而笑。我相信他一定會想出辦法，就像他拉著我的手往前跑時那樣篤定。

我不氣母親，真的。今天若角色互換，我也一定會無所不用其極的逼她回家，就算當作失蹤人口報案也沒問題。如果是我發現她被捲入重要證人的謀殺案，我會在墨西哥報警、在美國報警、在加拿大報警，我會去白宮堵總統，還要鬧到聯合國去。

之後我們繼續上路。

以車窗為框架，美國西南部的景致像是快速抽換的幻燈片，以電影底片的概念組合成我此刻的人生。我的人生幾乎都在旅行，也都在旅行中不停的為母親操心，這趟旅程比過往任何一次出門都更驚險，卻是我的心最安定的一次。

從現在開始必須錙銖必較了，我不怕吃得壞、住得差，只怕和尼可拉斯獨處的日子走到盡頭。

第七章

終於，縱橫南北美洲的車窗電影之旅進入第四天的尾聲，我們在傍晚時分抵達拉斯維加斯。

這片沙漠將所有海市蜃樓化為可能，必須抬頭仰望天際的巨型水舞表演、搬進酒店室內的運河上擺槳輕移的貢多拉船、歡聲雷動穿牆而過的雲霄飛車，連加勒比海海灘、埃及金字塔和人面獅身像、及太平洋熱帶小島的棕櫚樹與火山都能複製出來。

拉斯維加斯像是成人的迪士尼世界，口袋裡的現金就是快速通行證。賭場、餐廳、酒店、秀場，生理上或心理上的，所有慾望都能得到出口。在這裡，錢永遠都有地方揮霍。

我懷疑朱利安怎麼沒有在拉斯維加斯也放上一件他的作品？

尼可拉斯適時地解開謎底：朱利安的確有這麼個計畫，他已經接受迪士尼的委託，要將冰雪奇緣裡愛莎公主的城堡搬到現實生活中，設計圖已經完成，目前有好幾個財團正在競標這個建案。

「在沙漠裡蓋冰宮？怎麼可能！」我大吃一驚。

「聽說是要用一種可以在華氏六十度以內維持固態的可燃冰來替代磚塊，不過可燃冰只存在於低溫高壓的深海裡，必須要蓋油井探鑽取得，技術上很困難，成本也非常高。」

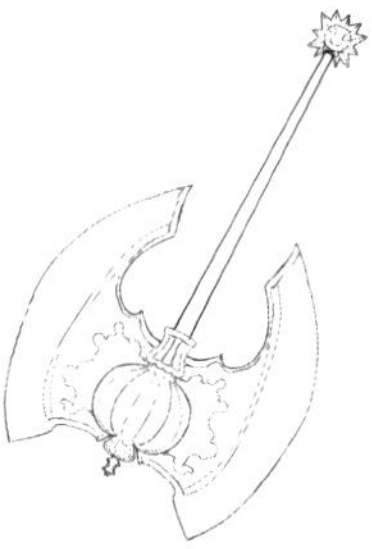

「可燃冰？從來沒聽過。是不是會燒起來？」

「可燃冰裡含有大量甲烷，所以的確會燒起來，這也正是可燃冰成為替代能源重要選項的原因。不過，如何將甲烷和冰塊分離是個大難題，運輸和保存問題也需要克服。由於需要投注高科技和資金，現今只有少數幾個國家在進行研究，這也讓建案難上加難。」

「容易燒起來的飯店？那不就很危險？」

「不會，我爸打的主意是將甲烷自可燃冰內分離賣出，不僅可以降低風險、還可以藉此大賺一筆。迪士尼方面好像連行銷方案都制訂好了，《冰雪奇緣》的宮殿肯定會大受孩子們的歡迎，所以酒店會提供各式各樣的兒童遊樂設施和體驗課程，為的就是讓家長安心把小孩託付給酒店，然後好好的在賭場灑錢。」

「這個案子聽起來好艱鉅啊，果然像是朱利安的風格。對了，你怎麼會知道你爸要用可燃冰在沙漠裡蓋冰屋？原來你表面上不跟他說話，其實都有偷偷在注意他喔？」我恍然大悟。

「可燃冰能源產生的二氧化碳是石化能源的好幾倍耶，我關心的是地球暖化議題好嗎。」他說。

「你說了算。」

尼可拉斯載著我穿越拉斯維加斯大道，長驅直入舊城區。相較於新城區知名飯店一擲千金的大器，舊城區表現出一種屬於早期的金碧輝煌，閃亮的霓虹燈據守於某段歷史中、執拗地堅持往日繁華。

舊城區給人一種走進老電影的浪漫感覺，或者可以說，和對的人一起，無論身在何方都心情愉快。密切相處讓我們日益熟稔，聊天的尺度也變得更寬，朱利安已不再是令尼可拉斯敏感易怒的禁忌話題了。

地圖顯示海柔的住址就在鼎鼎大名的飛盟街附近。由於飛盟街是徒步區，我們得在兩個街區外先停好車，才步行進入舊城區最熱鬧的地段。

我們在橫跨六條道路的飛盟街電子天幕下持續向前，路旁不停後退的霓虹燈招牌與流行音樂則像是迪士尼遊行隊伍，讓我的感官神經忙碌不已。

「哇！看看那些招牌，閃得我眼睛都快瞎了，你以前來過嗎？」我迷失在閃爍的燈泡裡。

「只有在貝拉吉歐和米高梅酒店看秀。」尼可拉斯說。

「上空秀？」我難掩醋意。

「太陽馬戲團啦。」他抿著笑。

「不錯唷，我今天在來的路上有上網查過資料，那時就已經被賭場的鋪張奢華給嚇過一次了，但親自到現場後，拉斯維加斯再度讓我驚歎不已。」我東張西望。

裝扮成復仇者聯盟的街頭藝人等著與遊客合照收取小費，隔壁則是展售噴漆繪圖的畫家和為顧客捏塑臉部模型的陶藝家。再過去一點，表演軟骨功的男人迅速將自己折疊塞入迷你的木箱裡，一旁假裝是雕像的藝人則彷彿停止呼吸似的文風不動。

路上形形色色的人物讓我對海柔滿是好奇，她以什麼維生？是荷官還是賭客？是窩在老舊飯店裡的毒梟？還是酒店大亨的女人？一想到即將與有古老淵源卻素昧平生的海柔面對面，我的胃部就興奮地打結。

「尼可拉斯，你看！」我拉住他。

整排街頭藝人的最後方，有一位穿著深紫色晚禮服搭配披風的女子，她以披風遮住面部，再掀開時已經換了一張臉孔，幾秒前是老婦、幾秒後是青春少女，神乎其技。每當她再度遮臉易容，總能換來如雷掌聲和驟雨般落下的小費。

「傳說中的變臉耶！真是太神奇了！」我說。

「專心點，我們已經愈來愈接近了。」尼可拉斯提醒。

可我就是忍不住，下一秒，我又被兩位肌膚黝黑油亮的森巴女郎吸引。森巴女郎的鑲鑽胸罩和三角褲下的身形健美勻稱，頭戴華麗羽毛墜飾、腰臀則妝點得像孔雀開屏。這兩隻氣勢非凡的孔雀果然吸引了眾多遊客等候合照。

我的身體跟著尼可拉斯往前的同時卻頻頻回頭，視線不捨地在那美妙的異國情調上逗留。忽然尼可拉斯止步，大手按住我的腦袋、將我的臉轉回正前方。

「到了。」他說。

「哪裡？」我回神，赫見一頂巨大的冠冕造型霓虹招牌，冠冕上的金色數字4還戴著一頂俏皮的紅色皇冠。

「是四皇后飯店。原來地址上的房號不是指公寓房號，而是酒店客房的房號。我們走。」他說。

生平第一次踏入賭場，驚喜之情猶如初見雪梨歌劇院。地板上鋪著復古的紫紅色羽毛紋路地毯，天花板以鏡面金邊環繞，閃亮亮的球型吊燈則讓整個賭場看起來金碧輝煌。

數列吃角子老虎機台背對背整齊擺放，旅客坐在機台前，螢幕上成排圖形在經典背景音樂中規律跳動；贏家的零錢掉入出幣口，發出叮叮噹噹的清脆聲響，兩者構成催情的曼妙曲調。

尼可拉斯正認真尋找通往飯店房間的指標，我拉拉他：「喂，不是要賭兩把？」

「得了，根據賭場設定的賠率，賭客根本就不可能會贏錢。」

「想起來了，你要有九成把握才會出手。」

「看到了！房間往那邊。十成把握。」他加快腳步。

穿越成排的吃角子老虎機台，經過一段短短的走廊，賭場區在背後闔起、飯店區在眼前展開，同樣的復古風格、同樣的紫金裝潢，彷彿一張泛黃的間諜電影明信片，就連電梯上方的輪流亮起的樓層燈號，都是婉約古典的阿拉伯數字。

電梯門開，我們閃躲著攝影機低頭進入，彷彿兩名貨真價實的特務，尼可拉斯居然還以指節按樓層按鍵，避免留下指紋。客房走道的地毯散發出古老的氣味，圖樣則在長期的踩踏下模糊不清，少了閃爍燈光的美化，歷史的足跡清楚浮現。海柔真的以這老飯店為家嗎？

我們很快地找到名單上的房號，接著按下門鈴。

沒有人回應。

「不在嗎？」我把耳朵貼在房門上，但徒勞無功。「也是啦，晚上九點正是好玩的時候。」

尼可拉斯考慮半晌，道：「我們先從門縫塞個紙條給她，然後去櫃臺辦理入住登記好了，舊城區的房價應該還付得起。」

我們用加油站的發票寫了一張字條，簡單交代了身份和來意，塞進門下的縫隙後便返身離去。

電梯門正好在我們走到時開啟，一名女子擦身而過，我率先進入電梯按下關門鈕，尼可拉斯卻突然抵住電梯門。

「幹嘛？」我一怔。

他壓著開門鈕，回頭道：「會不會是剛剛那女的？走，我們再去敲門。」

「會是她嗎？」雖然只有匆匆一瞥，但剛剛從電梯出來的女子，紫色衣裙、肩掛披風，分明就是在街上表演變臉的街頭藝人。

我狐疑的跟著尼可拉斯再度回到房前，他按下電鈴，這回有人應門了。

幾秒鐘後，伴隨著馥郁的香水味，繫著鍊鎖的門縫露出一隻充滿敵意的眼睛。「誰？」

「請問海柔在嗎？」我擺出最可掬的笑容。

「沒這個人。」對方說完就要關門。

尼可拉斯不知何時已從背包掏出斧頭，他一個箭步上前，將斧柄卡進門縫內。

「尼可拉斯？沒有必要破門而入吧！」我驚叫。

「妳看不出來她在裝傻嗎！我們開了兩天車才到，可沒那麼好打發。」尼可拉斯轉動斧柄，老舊的房門落下木屑。

「好了！收起你的傢伙，樵夫之子。那玩意兒卡著要我怎麼開門？你想害我被飯店趕出去嗎？」房裡的聲音說。

門縫拉的大了些，這次露出了半張女子冷豔的臉孔。我們找到海柔了。

「硬闖可不是客人該有的禮貌行為。」海柔開了門，順便將我們從頭到腳打量一番。

「謊稱不在也不是應有的待客之道。」尼可拉斯收起斧頭冷道。

海柔挑眉，側了側身讓我們通過玄關，並在關門後謹慎地上好鎖。「隨便坐。」

我走進房內，這是一間原本頗為舒適的套房，柔和的布質沙發與鵝黃色的雙人床營造出溫馨的鄉村風，壁紙也刻意選用同樣的淺色系，可惜屋主的生活習慣不太好。

小型流理台上放了使用過的咖啡機和一只髒杯子，隨意踢開的被子上散落了幾件皺巴巴的衣服，床緣的地板上還有一條維持脫下時站姿的牛仔褲。客廳和浴室之間的隔牆有一座大電視櫃，櫃子裡不曉得塞了什麼，闔不緊的櫃門搖搖欲墜。客廳角落裡有一套桌椅，桌上橫七豎八堆滿化妝品。

尼可拉斯一邊往客廳走，一邊發出嘖嘖聲，我們小心跨過地上東一隻西一隻的鞋子，還得將沙發上的衣物撥開才有位置坐。客廳茶几上擺了一個煙盒和煙灰缸，裡頭的煙屁股已經堆成一座小山，煙味倒是不重，因為濃郁的香水味已經獲得壓倒性勝利，香味在海柔走近時更加明顯。尼可拉斯打了個噴嚏。

「這可是香奈兒的五號香水。」海柔瞪他一眼，接著從煙盒裡揀出一支煙點上，「不知道你們要來，所以我沒有準備茶點，吶？抽煙嗎？」

「不，謝謝。」

我環顧四周，心裡冉起點點疑惑，雖然四皇后酒店的房價必定比拉斯維加斯大道上的豪華飯店低廉許多，但長期租用還是比在外租屋划不來，加上海柔把名牌香水當作室內芳香劑的用法，可見她經濟堪稱寬裕，那又為什麼要在街頭賣藝，賺些零頭小費呢？

「海柔，妳靠表演變臉賺錢嗎？」我問。

「那妳呢？」她站在我面前，垂眼道，「他是樵夫之子，妳是誰？妳又靠什麼賺錢？」

「我是阿娣麗娜，我沒賺錢，現在還是音樂學院的學生。」我說。

「原來是吹笛人的後代啊。」海柔雙手插胸，吸了一口煙，「所以在有冷氣的室內表演，就比在室外風吹雨打裡表演來的高尚？」

我尷尬的揮手道：「我沒有貶低的意思，只是，我覺得妳很漂亮，幾乎可以當電影明星了。」

海柔又猛然吸了一口煙，然後才坐下。她確實是標準的美女，看起來頂多三十歲，金髮碧眼、高挑纖細，就連抽煙的姿態也風情萬種。

「魔鏡啊魔鏡，誰是世界上最美麗的人呢？！」她朱唇輕嘆，帶出一縷煙霧和迷濛的笑意。

「喔，我知道了，妳是白雪公主的後代？」我說。

「是壞壞母后啦！哈哈！」海柔大笑，「妳以為白雪公主是被繼母欺負的柔弱女孩？告訴妳，她其實是個愛爭寵的婊子！」

「好吧，和我們耳熟能詳的童話故事不太一樣。不過重點是我們找對人了。」尼可拉斯說。

「你們兩個很幸運，我才剛旅行回來就給你們碰上了。順便回答妳，吹笛女孩，我表演變臉只是為了不讓技藝生疏，我才不屑那一點錢，通通拿去捐給流浪漢了。」她說。

「旅行回來？聽妳的口音不像本地人。」我說。

「我的母親是美國人、父親是俄國人，我在莫斯科出生，之後又待過瑞士、奧地利、捷克和杜拜，半年前才回來我母親的家鄉。樵夫和吹笛女孩，你們又為何而來？」海柔問。

「為了通知妳有危險了，妳有聽說卡莉被謀殺的事情嗎？」尼可拉斯雙手抱膝，微微前傾道。

「喔？卡莉死了？」她捻熄了煙，專心看著我們。

「不只卡莉，克勞德也死了，他們是以獵巫的方式被人處死的。我和阿娣麗娜飛了一趟墨西哥，查出有人特地設下圈套、引她從法國過去。我們在當地的時候，還親眼目睹一個證人被滅口。」他說。

「獵巫？你的意思是？」海柔瞇起眼睛。

「教廷想要剷除我們。」尼可拉斯頷首。

海柔抬頭大笑起來：「教廷獵巫？小朋友，你們的想像力可真豐富。告訴你們，沒有人能夠長命百歲，克勞德和卡莉只是湊巧命比較短罷了，光憑兩樁意外……好吧，就算是兇殺案好了，也不能斷定是教廷幹的啊，都什麼年代了，還獵巫哩！」

「妳不相信？我有證據。」我從背包裡拿出母親留給我的新聞傳真給她看。

「這是什麼？我看不懂。」她只瞄了一眼，就把新聞報導扔在茶几上。

「卡莉在教堂裡被人吊死，嘴巴裡還塞燒紅的木炭，就算妳看不懂內容也看得懂圖片吧？別告訴我妳相信這只是一個愛模仿的變態狂做的事！這明明就是獵巫！」我手指著報紙嚷嚷。

「隨便，妳們說了算。」她的聲音冷如薄霜。

尼可拉斯說：「事實上，我和阿娣麗娜已經擬定了一套反制計畫，終極目標是揭發教廷的惡行，還給卡莉和克勞德一個公道，希望妳可以加入。計畫的第一步是——」

海柔打斷尼可拉斯，道：「謝謝你們特地來通知我。不過很抱歉，我對於參加什麼計畫的沒興趣。」

我驚愕的看著她，原來她不是不相信，而是不在乎。我激動的說道：「名單上的七個人已經死了兩個，妳以為躲在這裡，教廷就不會找上門嗎？」

海柔聳聳肩道：「當然會。所以我早就打包好了。」

「難道就不值得為了正義奮力一搏？妳太自私了！」我的怨懟衝口而出。

海柔好整以暇的再點起一支煙，淡淡的說：「我可以理解你們還小，有滿腔熱情想要發洩，但是你們找錯方法了，有什麼是比和基督教對著幹更蠢的事？就憑你們兩個，也想要對抗全世界幾千萬的教徒嗎？」

我和尼可拉斯對看一眼，兩人臉上都掛著不敢置信的表情。他氣沖沖的說：「就算是教宗也應該要承擔錯誤，十六世紀獵巫行動本身就是在濫殺無辜，二十一世紀再以相同的手法來迫害平凡人，更是罪無可赦！」

「有罪無罪是由你們判斷嗎？你們有沒有想過這麼做到底是為了報復還是正義？看盡世間醜惡後，就會知道根本沒有所謂正義可言，奉勸你們還是善用自己並非平凡人的優勢，好好享受有限的人生吧。」海柔冷言冷語，字句卻如帶刺荊棘。

「我們愈是不團結，教廷的優勢就愈大，最後會一個個把我們擊垮。」尼可拉斯雙手握拳，口氣愈發激昂。

海柔起身送客：「謝謝你們跑一趟，總之我會照顧我自己。請回吧。」

「妳真的和故事裡自私自利、只愛自己的壞母后一樣！真是白跑一趟了！」我霍地起身。

尼可拉斯更是怒不可抑，他鐵青著臉，一陣風似的快步走向門邊。

就在他將手伸向門把的剎那，客房門鈴響起。

「等等！」海柔喊道。

「幹嘛？我們可沒興趣和妳一起享用客房服務的晚餐！」我沒好氣的說。

「這就是問題所在，我沒叫客房服務。」

「客房服務！」門鈴再度響起，低沉冷峻的男性嗓音從門後傳來。

「媽的。」海柔舉起食指放在唇上，「你們，噓！」

恐懼的陰影從門邊向內伸展，我和尼可拉斯從玄關退開，尼可拉斯走向窗戶，拉開簾幕往外看，似在評估逃生路線。我焦急踱步，在打電話報警和將客廳的盆栽抱起來防身之間猶豫不決。

「這邊！」海柔壓低音量向我們招手。

尼可拉斯幫海柔搬開沙發，赫見牆壁上有一個邊緣不規則的洞，大小剛好夠一個普通身材的成人爬過去。海柔把腳伸到洞邊，使勁踢開擋在另一側的障礙物，然後轉身趴下、手腳並用爬過洞口。

我跟在海柔後面，尼可拉斯則繞到浴室前將門反鎖，好個欺敵策略。等殿後的尼可拉斯也爬過洞口後，海柔囑咐他伸手將兩邊的沙發全都拉回原位。

我拍拍身上的灰塵，確認我們是在僅一牆之隔的另間客房裡，這間客房採取和上一間相互對稱的裝潢，海柔一定是刻意租用這兩間房間，方便事先建構撤退路線，果然也真的派上用場。

海柔像是訓練有素的逃亡者，她動作俐落的褪下紫色禮服、扔進電視櫃裡，換上一套粉紅色運動服和球鞋，又在腰上繫了一個鼓鼓的暗袋，藏在寬鬆的運動外套裡。

尼可拉斯趴在門上，從貓眼窺視走廊道：「他準備要闖進去了！」

我們全都擠到門邊，門外傳來餐車輪子滾過門檻、然後關上門的聲音。

海柔快速拉開鎖鍊，叮嚀了一句：「大家分頭走！」便推開門衝出走廊。

海柔選擇走樓梯下樓，我們跟在她身後，只見她穿越賭場時神色鎮定卻動作敏捷，猶如一隻清楚目標的候鳥，在踏上飛盟街後才邁開步伐向右跑。

我向左轉，打算依照吩咐往反方向跑，卻被尼可拉斯一把拉住。

「等等，先搞清楚我們在躲誰吧。」

尼可拉斯若無其事地以手臂勾住我的肩膀，就像擁著戀人在街上閒逛。我們走向街上一輛馬車造型的爆米花攤車，他摟著我混入購買爆米花的人群中，向攤車老闆點了一包爆米花。

在造型繁複的巨大攤車掩護下，一桶桶彩色的爆米花剛好讓我們可以貼著縫隙窺視，卻又成為遠處的視線死角。

「你剛剛從門上的監視孔有看到那個人的樣子嗎？」我悄聲問道。

「只有看到一個影子，好像是很胖的男人。」他說。

我們在排隊買爆米花的隊伍中靜靜等待，沒多久，一個戴著棒球帽的墨裔男子低頭走出飯店，他在通過門口時略微遲疑了腳步，繼而抬頭四處張望。

尼可拉斯往攤車後縮了一點，道：「妳覺得長得和刺死乞丐婆的大鬍子一模一樣的墨西哥人，和我們同時從瓜納華托到拉斯維加斯的機率有多少？」

「是他嗎？」我睜大雙眼。在地下隧道中，我依稀看見兇手是個留著落腮鬍的壯漢，至於五官和衣著細節，則因為當時太過緊張，也沒有足夠的時間看清楚。

步出飯店的大鬍子打扮得像是饒舌歌手，身上穿著鮮豔動物刺青花紋的黑色外套，頭上戴的是有老虎刺繡的棒球帽。他雙手插入口袋，眼神銳利倨傲，一看就很不好惹。

我無法不去注意大鬍子身上掛滿的那些叮叮噹噹的項鍊與手環。他胸前的錐形卯釘鍊子像是一串磨尖的利齒，在夜裡發出銀色的寒光，他的左手也戴了同款式的一整排錐形戒指，不對，那哪是戒指？分明就是手指虎。

「先生！先生！」耳畔的聲音愈喊愈大，「先生，您的爆米花好了！」攤車老闆捧著熱呼呼剛出爐的爆米花，為了讓久候的客人回神而大聲呼喚。

他成功了，老闆不僅引起我們的注意，同時也讓大鬍子轉向這邊。

大鬍子的眼光落在爆米花攤車上，頓如伺機而動的貓般瞳孔縮小目露兇光……

慘了，他要嘛就是痛恨爆米花、要嘛就是認出我們了，而我猜是後者。

「可惡！」尼可拉斯拉起我的手就跑，讓我和一臉驚愕的老闆撞了個滿懷，漫天飛舞的爆米花如雪片灑落，我根本無暇道歉，只能和一連串怒罵錯身而過。

飛盟街上人潮洶湧，彷彿跨年夜的摩肩擦踵。人們站在原地抬頭張望，一心期待電子天幕秀開演，熱烈情緒即將沸騰。我和尼可拉斯的心緒也瀕臨沸點，只不過人為薪火，我為鍋裡的到嘴肥肉。

這時，挑高電子天幕開始出現畫面，千變萬化的影像如萬花筒般縮放、旋轉，搭配震耳欲聾、動感十足的迪斯可音樂，四周傳來讚嘆與驚叫聲，瞬間，長達幾百公尺的飛盟街形成一堵結舌仰望的堅固人牆。

「請讓一讓！」「抱歉！」

尼可拉斯拽著我奮力往人海裡鑽，我們像是乘風破浪的孤帆，尼可拉斯負責撥開人群，我則對投來的白眼概括承受、並且馬不停蹄的低聲道歉。

我不停回頭眺望，大鬍子在萬頭鑽動裡載浮載沉，距離似乎愈拉愈近，卯釘項鍊讓他看起來像是張嘴緊追的大鯊魚。抱怨連連的人們被大鬍子撞上時倒是十分識相，沒有人敢抗議。

好不容易擠過半個街區，大鬍子的陰影竟從後方籠罩，一股抑鬱壓力襲上我的背脊，扣住我的肩頭。

大鬍子猛然拉住我的背包，反作用力讓我一時重心不穩，原本握著尼可拉斯的手頓時鬆脫，我馬上以雙手緊抓肩帶，卻不敵孔武有力的大鬍子，拉扯間我向後跌坐在地，大鬍子則順勢脫下我背包，搶了就跑。

「銀笛！」我放聲尖叫。

尼可拉斯瞬間會意過來，撇下我去追大鬍子。

一陣刺痛從脊椎末端向外蔓延，我顧不得傷勢，即刻爬起來加入追逐。

只見大鬍子一手抱背包、一手猛力推開擋在前方的任何人，簡直像是衝鋒陷陣的美式足球員，一路暢行無阻。就這樣追趕了幾十公尺，尼可拉斯終於跟上他、將他撲倒在地，兩人在地上纏打著滾了幾圈，大鬍子忽地以手肘攻擊尼可拉斯，尼可拉斯忍痛摀住腹部，大鬍子趁機一躍而起。

尼可拉斯咬牙再追，不過十來公尺再度迎頭趕上，他伸出右手拉住背包肩帶，大鬍子回頭，尼可拉斯揮出左拳，可惜尼可拉斯動作雖快，大鬍子的反射動作更快，一掌便將攻擊擋下。

等我趕到時，大鬍子和尼可拉斯一人扯著一邊的肩帶，繞著一個圓心時而攻擋、時而拉扯背包，周圍的人紛紛退開，雙方攻勢猛烈動作粗暴，我在一旁跺腳，焦急卻愛莫能助。

「嘿，你們！別在這裡鬧事！」賭場的保鏢走過來，雙手平舉攤開。

大鬍子一時分神，腳一滑便撲倒在地，抓著背包的手依然不肯放。

「我已經報警了喔！」賭場保鏢大喊。

倒地的大鬍子故意稍稍鬆手，借力使力跳起身來，接著使勁一拉，背包肩帶尾端倏地啪一聲撕裂。

站起來以後，體重較重的大鬍子像拔河選手般節節倒退，當他退到一塊白色平台的邊緣，尼可拉斯趁勢放手，大鬍子用力過猛、撞上背後平台上的一對情侶，又一屁股重重跌坐平台上。

被撞倒的情侶在手忙腳亂中彼此攙扶，卻因此重心不穩、通通壓在大鬍子身上，三人疊羅漢的畫面瞬間被轉播到飛盟街的電子天幕上，原來白色平台是付費登上大螢幕的露天攝影棚。

大鬍子被壓在最下方，咬牙切齒地掙扎著，卡在中間的是一個四腳朝天的男人，最上層則是一個穿著窄裙和高跟鞋、怎麼樣都爬不起來的狼狽女人。三人臉紅脖子粗的表情被放大在主畫面上，接著又被複製成好幾百個子畫面，繞著中央最大的母畫面團團轉，

遊客對著電子天幕品頭論足，尼可拉斯則一個箭步上前搶走背包，立刻帶著我倉皇逃離現場。

我聽見警笛，有警車！警察來解救我們了。

才剛跑到飛盟街的一個十字路口，就看見一輛警車在前方停下，代表公正執法的藍紅燈光閃耀，我們跑得滿頭大汗，終於得以停下來扶著膝蓋喘氣，我第一次覺得警車鳴笛聽來分外悅耳。

警笛停止，兩位警察分別從前座兩側下車，朝我們走過來。

看到警察猶如見到救世主，我相信美國警察不會像墨西哥警察那麼沒用，連卡莉阿姨的案子都破不了。來得早不如來得巧，太好了，美國警察一定很樂於逮到跨國犯案的大壞蛋。

「警察先生，有人搶劫！」我上氣不接下氣的說。

「就是他們兩個買東西不付錢！還把我的攤子給撞爛了！」爆米花攤車的老闆指著我們說。

「我們沒有啊。」我和尼可拉斯面面相覷。

「雙手舉高！」警察從槍袋掏出槍，朝著我們命令道。

我愣了幾秒，直到尼可拉斯高舉雙手後才跟著動作，警察隨即上前，一人一個將我們上銬。

「嘿！是那個墨西哥人當街搶劫！」我回首仰望電子天幕，大鬍子早已不見蹤影。

「有什麼廢話到警察局再說吧！」警察邊替我們搜身邊說。

「賭場保鏢可以證明我們說的是實話！還有很多遊客也有看到！」尼可拉斯被扭著手臂時大叫。

我環顧四周，剛剛出面制止的保鏢不見了，遠處站了許多看好戲的人，卻沒有一個願意挺身而出為我們說話。

「有目擊證人說你們在大街上滋事。」將我上銬的警察嚼著口香糖說。

「找到了！」另一個警察拉開尼可拉斯的背包，「武器。」

我臉色唰地慘白，這下跳進黃河也洗不清了。

「那不是武器！那是……」尼可拉斯語塞。

「是什麼？」警察瞟他一眼，「這些年輕人淨是會花時間改造武器，遲早要進監獄蹲幾年。走吧！」

接著我們就被押進警車，警笛聲再度響起，這次聽起來沒那麼悅耳了。

我從來沒被關進拘留所過。

監牢是那些作奸犯科的社會敗類的歸屬，我的歸屬是音樂廳的舞台，面對條子冷嘲熱諷是罪犯活該自作自受，我該面對的是掌聲與喝采。可這會兒，我坐在監牢冰冷的地板上，不住直打哆嗦。

身上所有物品都被沒收了，還做了筆錄，現在就等朱利安和母親從加拿大飛來替我們辦保釋。我覺得飽受屈辱，而且有點感冒。此刻我的自尊就和身上的T恤一樣單薄，我把身體蜷縮成一團，雙手緊抱胸前，鼻子則埋在屈起的雙膝間，下午我怎麼就沒想到要買件外套呢？

「還好嗎？是不是冷了？」坐在一旁的尼可拉斯露出擔憂的眼神。

我對他勉強一笑，他的樣子比我還慘，身上的衣服在打過架後又皺又髒，帥氣的捲髮變成一團亂糟糟的鳥窩，臉上的污垢則像是煎過頭的培根，卻還在擔心我。

拘留所的牢房裡還躺著一個渾身酒味的醉漢，我在確認他睡得不省人事後才說道：「你會不會覺得很奇怪，背包好像才是大鬍子的目標？他是衝著我們來的，卻沒有追海柔，也沒打算對我們動粗，就只是搶東西。難不成他知道我的背包裡有銀笛？」

「我剛剛也是這麼想，可是我想不透，他為什麼會認出妳呢？明明和他在隧道裡打過架的人是我，為什麼偏偏搶的是妳的背包？而不是我的呢？」

「他一定也是教廷的人，就和在台灣的歌劇院後台一樣，那個鷹勾鼻男人也像是在找銀笛。所以教廷可能不只要殺光我們，還打算奪走法器。幸好我們把背包搶回來了。」

「把事情前後連貫起來的話，大鬍子確實很有可能是教廷派來的，他殺乞丐婆並非偶然，追我們的理由也不僅僅是因為我們目擊他殺人。」

「不過，他看起來根本不像教士，鷹勾鼻那男的有戴十字架項鍊，還比較像一點。」

「也許一個是花錢買兇的、一個是收錢辦事的？」

「你是說他是殺手？」

「花錢雇用殺手做骯髒事，教廷只負責驗收，我覺得很合理。」

「好，假設我們要對抗的敵人結合了教廷、警察和黑道。現在海柔不願意幫忙，我們也不知道剩下的兩個人加入計畫的意願有多高……」我愈說愈小聲。

「別想太多，我從進入四皇后飯店，就一直讓手機開著錄影，雖然不知道拍到多少有用的畫面，但起碼把整個過程都側錄下來了。等我爸和妳媽保釋我們出去，就可以檢查手機了。」他拍拍我的手臂。

「萬一他們兩個堅持要我們放棄對抗教廷呢？」

「那就隱居吧。如他們所願。」尼可拉斯背靠牆、頭枕在手上道。

「我的存款還不夠我隱居耶，你這麼超然？那歡迎你把財產樂捐給我。」我說。

「好。把妳的帳號給我。」他氣定神閒道。

我白他一眼，加碼道：「翡翠湖小屋也過戶給我。」

「今天第二次跟我求婚嗎？還真是不死心哪。」尼可拉斯笑嘻嘻的說。

「神經病！」我臉一紅，趕忙把頭埋進膝蓋裡，忍不住竊笑。

我很冷，心卻很溫熱。我把臉藏在披肩長髮裡，瞪著雙腿之間的線條傻笑，過了許久我都不敢抬頭，深怕他看出我的窘狀。如果非得在寒徹骨後才能激發熾熱，我願意為了這甜美動人的剎那而深埋永凍層。

是鑰匙攪動鎖孔的叮噹聲。

「喂，你們兩個，」警察以鑰匙的尖端指向我和尼可拉斯，又指指外面道：「可以走了。」

我們互看一眼，尼可拉斯率先起身，接著把我也拉起來。

「他們那麼快就到了？」我以耳語問他，他只是聳肩。

終於被釋放了，警察說保釋我們的家人正在外面等著，那鐵欄杆後面的休息室我再也不想進去，最好欄杆前面的景色也不要再看到。

我們蹣跚向外移動，警局大廳立著一個似曾相識的背影，她左手拎著兩個背包，刁煙的右手肘子則撐在左手手背上，聽見腳步後立即轉過身，是海柔。

「幸好你們沒事。哪，背包。」海柔將領回的背包還給我們，帶頭走出警局。「來吧，我的車在街角。」

「妳怎麼知道我們在這裡？」我問。

「我一直躲在我朋友的店裡。」她說。

「妳眼睜睜的看著我們被追？還有被逮捕？」我質問。

「等等，」尼可拉斯打開背包檢查，「他們沒收了斧頭！」

海柔把煙蒂扔進下水道的人孔蓋裡，道：「不然要我怎麼辦？跟對方捉對廝殺？我又沒有斧頭！說到斧頭，雖然我再三保證那只是古董，警察還是不願意還給我們。」

「什麼？」尼可拉斯作勢要回頭，被我一把拉住。

「等朱利安到了再去溝通吧！現在條子只當你是不良少年而已。」我提醒。

「吹笛女孩說得對。」海柔說。

「我叫做阿娣麗娜！」我回頭瞪她，「還有，既然妳不願意加入我們，為什麼又要把我們保釋出來？怎麼，妳改變心意了嗎？」

海柔伸了個懶腰，嘆道：「聽著，孩子們，你們問我為什麼要窩在拉斯維加斯舊城區的小旅館裡?告訴你,我不是沒有離開過。我嫁過富翁,也當過有錢人的情婦,人家有豪宅、我也想要豪宅,人家有名車、我也想要名車,我想要擁有世界上所有最貴最好的東西,最後發現男人只想用錢囚禁我,現在我要的是自由。」

「教廷現在就是在迫害我們的自由。」尼可拉斯說。

「唉,我沒有革命的野心,現階段只想安靜過日子。等等我會送你們到機場,就算是我們相遇的終點了,你們以後也別試著來找我,反正我會離開拉斯維加斯。」海柔從包包裡翻出車鑰匙,朝對街一部不起眼的轎車按下解鎖鈕。

濃厚的雲層遮蔽月光,街上空無一人,寂寞的街燈兀自佇立,直到車子解鎖的嗶嗶聲劃破寂靜。

我們相偕穿越馬路來到車邊,海柔打開駕駛座的車門,我和尼可拉斯則繞到車子右側,或許這就是結局了,海柔不加入、我們沒了錢,滿腔鬥志卻兩袖清風,最後只能口袋空空的回家找媽媽。

這時,突如其來的黑暗撲天蓋地而來,我的視線被一層東西蓋住,那東西碰觸到了我的臉,是布袋!有人在我的頭上套了一個布袋!

我感到呼吸窘迫,所有呼出的熱氣都反彈回到皮膚上,我高聲呼喊,音量大到在布袋內迴盪,卻沒有他人聽見。

接著我被人從後雙手反綁,又被硬拖著走,最後整個人懸空,落在某塊堅硬的金屬板上。一切發生得太快，還來不及反應，我就被吞噬入黑暗中。

我聽見廂型車拉上車門的聲音，然後是急踩油門的轟轟聲。車子衝了出去，我頭套布袋、雙手被綑綁，像待宰的牲畜，在車輛行進中無助地被拋甩、碰撞。

我好害怕，左搖右晃中我想起雙腳還能自由活動，於是猛力亂踢亂蹬，希望能夠藉機脫困。

忽然有人壓住我的身體，一股嗆味竄入鼻腔，我瞬間失去意識。

白雪公主（Schneewittchen）

「魔鏡啊魔鏡，誰是世界上最美的女人？」鏡中的皇后秀髮如雲、凝膚如脂，笑時露出明眸皓齒、顧盼生姿。

然而這次，魔鏡的答覆不再令皇后感到滿意。

第八章

我覺得全身上下每一吋肌膚都在痛。

我的頭像是狠狠撞上晨鐘，在嗡嗡鳴聲裡既暈且疼、無法正常運作。我的肌肉酸痛，腰椎間也傳來陣陣酸麻，任何一個微小的碰撞都足以讓我敏銳的神經以光速將痛楚往大腦傳遞蔓延。

我恍惚的察覺自己站著，是地板不穩還是我在暈眩？我全身都在微微搖晃中。而且，搖晃的動作是規律的，像鐘擺。

我在哪裡？

睜開眼只見一片漆黑，我慌張的舉起手，胳膊卻撞上冰冷的金屬柵欄，我將視線拉近，驚覺自己被關在一個籠子裡……一個沿著人體曲線塑造的站立人形鐵籠！

關著我的籠子吊在半空中，只要我稍有動作就會造成擺晃，格狀的籠壁幾乎是貼著我的軀體，只留下前後左右各不到十公分的活動空間。常人的視線落點遠超過十公分的距離，鐵籠貼近的、強迫的屏蔽了視野，讓我只能看見眾多被切割的模糊方形，我被禁錮在一個有形似無形的監獄裡。

室內很暗，像是攝影師洗相片的暗房，房間中央的暗紅色小吊燈是主要光源，亮度剛好讓人勉強看見這不到十坪的長型空間。房間裡沒有窗戶也沒有家具，似乎是某間地下室或儲藏室，聞起來有下水道和老鼠的騷臭味。

我的記憶返回海柔將我們保釋出來的時間點，我記得我們離開警察局、穿越馬路、海柔打開車門鎖……然後我們就被襲擊了……

我瞬間激動起來，我們被綁架了？這是哪裡？尼可拉斯又在哪裡？強烈的恐懼襲來，我大口大口的換氣，吸入帶有霉味的滯悶空氣後狀況更糟，開始乾嘔了起來。

「阿娣麗娜嗎？妳怎麼樣了？」左邊傳來沙啞的嗓音，是尼可拉斯。

「很暈，很想吐。」我艱澀的開口，「我們在哪？」

「我不知道，我也剛醒來。」話甫說完，他就咳得停不下來。

我的右手邊傳來一陣呻吟。

「海柔？」我呼喚。

海柔沒有回答，過了一會兒，低沉的呻吟忽然轉為高亢的駭叫，「我在哪裡？救命！放我出去！」海柔哭喊。

「海柔，我和阿娣麗娜都在這裡，我們被關住了，妳先冷靜一下！」尼可拉斯試著安撫她，可是她依然歇斯底里。

淒厲的哭叫聲令我頭痛欲裂，我的喉嚨也很痛，每一個最緩和的吞嚥口水動作、都化為極其劇烈的痛苦，不只是咽喉，整個脖子內側的腺體都乾澀疼痛，一定是發炎化膿了，才會讓我呼吸濃濁、鼻腔發出混和著痰的呼嚕聲。

我確信自己感冒了，而且症狀在逐漸加劇中。

海柔的聲音慢慢減弱，最後轉為口齒不清的低泣，「都是你們……是你們害我的！我就說絕對不要和教廷對著幹吧！你們這兩個蠢貨……我好端端的過日子……幹嘛來找我？幹嘛啦你們？」

「如果我們在他來的時候就先報警，或是想辦法和他對抗，搞不好他就沒有暗算的機會。現在也不會弄成這樣了！」我忍不住抱怨。

「是啊！妳要怎麼和他打？用笛子敲他的頭嗎？」海柔悲憤的吸著鼻涕，「我能夠捧著鉅額贍養費全身而退，居然不能在兩個小鬼的糾纏下抽身？我幹嘛那麼仁慈，還去警察局保釋你們？」

說完她就開始嘔吐，無法扼抑的狂嘔伴隨著陣陣酸臭味瀰漫而來，讓我也跟著噁心起來。

我的頭痛攀上新的顛峰，一絲絲愧疚從僅存的理智中竄出，某一部分的我承認她是對的，我們悶不吭聲的衝到拉斯維加斯、硬闖她的房間，還要求她立刻加入我們的計畫，她不答應、我們就說她自私自利。

或許正因強行灌輸的道德標準讓她產生罪惡感，她才會現身保釋我們，也才搶在母親和朱利安到達以前，陰錯陽差的讓我們三個人被綁架。

我讓自己的情緒緩和下來，再次環顧四周。燈光和我們的未來一樣撲朔迷離，光禿禿的牆壁上吊了幾件器具，有一個看起來像耙子的金屬長杆、一條橡膠水管和一張豬臉的金屬面具。

房間正中央擺了一張造型奇特繁複的鐵椅，我就著昏暗紅光瞇起眼睛，赫然發現那並不是什麼繁複鐵椅，而是椅背和座位上佈滿釘刺的審訊椅！這是一間拷問犯人的審訊室！

我倒吸一口氣，海柔仍然淚流不止，我在有限的空間內努力轉頭、以眼角瞄尼可拉斯，他很安靜，貌似正在評估局勢。

從警察局出來後究竟過了多久？這裡和拉斯維加斯的距離有多遠？我已經喪失時空概念。我發起抖來，八成是發燒了，才會沒來由的一會兒熱一會兒冷，熱的時候渾身發熱冒汗，冷的時候貼著半濕的衣服不住顫抖。

我緊閉雙眼，咬牙祈禱不適的顛峰逐漸消退，讓我在另一個顛峰開始前有喘口氣的機會。天哪，病得如此重，就算不把我上銬，我也已經被疾病折磨得動彈不得。就算大門敞開，我固然有逃跑的心緒，也力有未逮。

咿呀——咿呀——

有人來了。

左側的牆壁傳來下樓的腳步聲，每踩一階，老舊的木頭樓梯便咿呀怪叫，像是催魂的喪鐘。

大家都聽見了，海柔像是流浪犬收容所裡犯了狂犬病的狗兒，不停用頭部衝撞籠子。我下意識將頭轉向聲音來源，鼻子卻被金屬籠子刮了一下，只得勉為其難斜著眼睛往左側看。

門打開了，恐懼湧入室內，將我們瞬間凍結。

「我的客人都醒了嗎？」大鬍子帶著勝利的笑容來到正前方。

「你還是別笑的好，笑起來比哭還醜。」尼可拉斯道。

大鬍子的笑容瞬間消逝，他走到尼可拉斯面前，奮力往他的籠子踹了一腳，鐵籠立刻搖晃起來，海柔又開始啜泣。

「很有趣啊，小子，我看你的幽默感和拳腳功夫一樣吃癟嘛。晚點再收拾你，我得要先處理漂亮妞兒。」大鬍子說。

「不！你想幹嘛？」尼可拉斯的怒吼在搖盪中忽遠忽近。

大鬍子走到我和海柔的斜前方，海柔哭得更大聲了。「求求你，要多少錢我都給你。」

「既然妳這麼急，那就先處理妳吧。」大鬍子朝海柔咧嘴一笑，「鈔票的確很有吸引力，不過你還給不起我的委託人承諾的百分之一呢。」

「你要什麼我都願意給，只求你放我一馬。」海柔彷彿見到一線生機，抽抽噎噎地說。

「如果妳沒有吐成這樣的話，是還有些附加價值。」大鬍子打量她。

「我可以讓你爽，我的柔軟度很好，而且會很多招式，保證讓你爽上天。」她哀求。

大鬍子走近她，眼中的猥瑣一閃即逝。「可惜我的委託條款裡包括了不得在屍體上留下

DNA。」

海柔一聽，馬上又嚎啕大哭起來。

「這張椅子終於要重出江湖了，說吧，妳的魔鏡在哪裡？」大鬍子走到房間中央的拷問椅前，拍拍椅背。

海柔的哭聲減弱，卻沒有回答。

「只給妳十秒鐘說出答案喔。十、九、八——」

「我不知道你說什麼！」

大鬍子不理會，逕自接著數：「——七、六、五、四——」

「求求你……」

「她都說她不知道了！」尼可拉斯強調。

「噢，少來了！別浪費我的時間！」大鬍子逐步逼近，最後在海柔籠子前一步之遙停下。

「三、二、一。」

「我真的沒有，求求你、求求你！」海柔急得跳腳，籠子開始上下震動，發出刺耳的金屬搔刮聲。

「海柔有錢，我家也很有錢，加上阿娣麗娜的錢，你到底要多少？一億？十億？」尼可拉斯問。

大鬍子以某項機具將吊在半空中的人形籠子往下放，籠子下降得太快，籠底碰撞地板的巨響、和海柔嚇一大跳的驚叫一併自右方傳來。大鬍子打開鎖頭，籠子從側邊敞開，海柔立刻從籠內跌出來。

「很好，我們來看看妳究竟有多嘴硬。」大鬍子沾沾自喜的搓搓手掌。

我以為海柔會趁機站起來逃跑，隨即想到她和我一樣在籠子裡站了太久，雙腿肯定麻痺無力，大鬍子就是料到這一點，才會放心把籠子打開。

「不要！不要！」海柔以手肘將自己撐起來，奮力往門口爬。

「放過她！求求你放過她！」我十指攀著柵欄用力搖晃籠子，卻只是讓自己更加難受。

大鬍子在海柔旁邊蹲下，雙臂插入她的腋下，粗魯的將不斷掙扎的海柔拖往房間中央。

「不！」尼可拉斯的怒吼和海柔撕心裂肺的痛哭同時迸發。

吊燈散發著詭異紅光，大鬍子臉上彷彿燃燒著地獄之火，審訊椅的座椅和靠背上的釘刺則尖銳的像是被打磨過般、浮著一層隱隱寒光。

海柔如同一隻初生小貓，大鬍子輕鬆一舉便將她拋上審訊椅，海柔身體接觸無數釘刺的剎那，她用盡力氣尖叫。海柔本能一躍而起，隨即被大鬍子硬壓下去，海柔的反射動作快速，仍不敵大鬍子蠻力壓制。

大鬍子很快地將審訊椅的手銬與腳鐐扣上，海柔試圖以馬步的姿勢抬起臀部，卻僅能一再跌坐到釘刺上，不斷發出哀嚎。

我恐慌的眼淚止不住的流下來。雖然我不喜歡海柔，她也不應遭到如此對待。

「這張椅子的歷史久遠，可以追溯到十六世紀。數以萬計的女巫在這張審訊椅上自白。妳能夠繼承傳統真是幸運，可惜這張椅子已經沒有剛做好時那麼鋒利了。」大鬍子一臉滿意，似在鑑賞藝術品。

審訊椅上的海柔面向我們低頭哽咽。我被逼著目睹這一幕，除了閉眼，連別開臉的權力都被牢籠剝奪。

「好啦，現在妳要告訴我魔鏡在哪裡了嗎？」大鬍子獰笑道。

「在我的貼身腰包裡。」海柔屈服了。

大鬍子走近審訊椅，暴躁地撕開海柔的上衣，藏在衣服裡的腰包露了出來。他一把扯下腰包並將拉鍊拉開，一層一層開始仔細翻找。先是抽出護照扔在地上，接著又把好幾束捆得細細的現金也丟出來，最後小心翼翼掏出一面鏡子。

不像白雪公主童話故事裡描繪的大面古典雕花鏡，那是一面小巧的古銅色帶柄化妝鏡，橢圓形的鏡子周圍鑲有碎鑽，鏡子金屬的部分已經氧化，握柄也磨損得厲害，就連鏡面也因為缺乏照護而模糊不堪，看不出是價值連城的古董。

大鬍子把鏡子高舉至頭頂，就著燈光以各種角度觀察鏡面，又對著髒兮兮的鏡面呵了一口氣，再以衣角擦拭。

「說說看，這魔鏡到底要怎麼使用？」他問。

海柔抬起頭，漂亮的臉蛋上涕淚縱橫，妝容花成一團，蓬鬆的金髮也早已凌亂打結。她發著抖說：「只有繼承人能夠使用。」

大鬍子的臉瞬間垮下來，他一言不發的走向房間遠處的陰暗角落，當他轉身時，手上捧著一個放滿木炭的火盆，我絕望的叫出聲來。

「不不不不不……」尼可拉斯搖著頭用力撞金屬柵欄，籠子咿呀晃動。

「什麼？什麼？」被綁在審訊椅上的海柔看不見身後的動靜，卻迅速感染了我們的恐懼，她驚恐地來回看著我和尼可拉斯。

大鬍子彎身將火盆放到審訊椅正下方，金屬椅子導熱迅速，我的腦海裡竄過一個駭人的念頭：海柔的皮膚馬上就會被烤熟。

火盆裡的木炭愈來愈紅、火愈燒愈旺，海柔身上釘刺造成的無數小傷口開始滲血，椅子似乎燙起來了，海柔明顯的坐立難安。

「海柔，拜託告訴他使用方法吧！」我說。

大鬍子好整以暇的走向牆面，一番精挑細選後，決定取下一支狀似耙子的工具，還放在手上惦惦重量。

「貓爪，我的最愛。」他以尖端的三叉利爪撥弄火盆，頓時星火餘燼共舞，審訊椅椅腳接近火盆的一面已經開始泛紅。

「住手！你不是想要樂趣嗎？欺負女人有什麼樂趣可言？有種就和我單挑，一對一！不然把我雙手反綁也可以！」尼可拉斯大叫。

貓爪在浸過火盆後冒出滾滾白煙，大鬍子走到海柔側邊，二話不說突然伸出貓爪朝海柔的肩膀劃下，海柔的袖子被割開，白晰的肌膚皮開肉綻，她先是震驚的倒吸一口氣，隨即失聲痛哭。

一道濁黃的液體沿著海柔顫抖的雙腳緩緩流下，最後在鞋邊集結成一灘混了血漬的穢物。

「她要說了！求求你不要再傷害她了！求求你……」我顧不得全身都在痛，用盡力氣朝大鬍子尖叫。

「決定要說了嗎？」大鬍子問道。

海柔抖個不停，五官則因疼痛難耐而扭曲變形。她深深吸了一口氣，強忍著打顫的牙齒，口齒不清的說道：「面對鏡子……心中冥想自己想要變化的年紀該有的樣子……鏡子會愈來愈清晰……但是只有持有人才會看見……」才說到一半，海柔就再度泣不成聲，她哽咽了半晌，重新做了一個深呼吸後道：「鏡子裡的自己會慢慢顯現出變化，現實裡的自己也會跟著……改變。」

「就這樣？」大鬍子面帶懷疑。

「對。」海柔原本秀麗的眉頭擠出兩道深溝。

海柔咬牙忍受巨大的痛苦，臀部已染成一片猩紅。鮮血落在灼燙的椅子上發出滋滋聲響，沒有瞬間燒乾的血液從審訊椅上往下滴。

滴答、滴答、吡……

血水滴進火盆冒出陣陣煙霧，那是生命即將油盡燈枯的嘆息。

「乖女孩，早說不就得了？很熱嗎？我來幫妳降溫。」大鬍子說罷便往掛著刑具的牆面走去。

他取了橡膠水管的一頭，我這才看見水管的另一頭已經固定在一個水龍頭上，大鬍子扭開水龍頭，開始對著海柔猛噴狂灌。高溫的金屬遇水後發出恐怖的嘶嘶聲，一陣濃煙瀰漫，嗆得眾人咳嗽不止。

等煙霧從樓梯間悄悄退散後，眼前的景象並沒有讓人比較能夠忍受，海柔身上的衣褲早已成為濕淋淋的破布，她血肉模糊的黏在審訊椅上，彷彿一塊被外行人料理成災難的爛肉，血跡斑斑的地板在被水管沖刷後淹成一灘灘腥臭的污水。

這裡是刑場，而且很快就會變成墳場。

溫度降下來後，海柔的眉頭舒緩開來，失血讓她的臉看來蒼白如紙。

大鬍子沒有放過她，他將水管塞進海柔的嘴裡，引起強烈的痙攣反嘔，大鬍子卻更是興致高昂的將水管用力插進海柔的喉嚨，接著他扭開水龍頭，灌水到海柔的肚子裡。

進去的水和出來的嘔吐物混成一團，海柔快要窒息了，她的臉變成紫紅色，眼睛暴突，發出類似哮喘的咻咻聲，大鬍子這才將水管拔出，他得意的踩在污水上濺起水花，室內難聞到無以復加。

事已至此，我和尼可拉斯紛紛噤聲，我們不知道繼續替海柔求情是否會助長大鬍子凌虐的快感，看著海柔的悽慘模樣，我不禁懷疑或許死了會比較痛快。

也許，這將是我們所有人的下場。

我開始考慮起自己應該求生還是求死？我好難受，如果下一個是我，早點結束會比較開心。但換個角度想，也許苟延殘喘到最後一秒，能夠替尼可拉斯爭取多一點得救的契機。

「敢騙我？讓妳知道老子不是好惹的！」

大鬍子朝海柔的胃部揍了一拳，海柔掛著嘔吐物的嘴噴出水來，兩眼發直無法言語。他似乎算準了海柔距離死亡還有幾步之遙，還可以繼續當他一陣子的玩物。

海柔努力撐起眼皮，氣若游絲說道：「我沒有說謊，我可以示範。」

大鬍子打量了海柔半晌，判斷她已經沒有反抗與逃跑能力，於是解開手銬，將魔鏡交到她手中。

海柔毫無血色，她以扭曲燒傷的十指捧著魔鏡，噙著淚、珍惜地凝視鏡面，彷彿與久別重逢的愛人相會。

我還記得看見海柔的第一眼是多麼驚為天人，那柔軟的秀髮襯著精緻的臉蛋，無論哪一個角度都美豔絕倫。我心裡那個漂亮又冷漠的女子怎麼樣都無法和眼前不成人形的海柔劃上等號。

「快啊！」大鬍子催促。

我屏息以待，希望魔鏡能還給海柔原本的樣貌。

幾秒鐘後，海柔的外型確實起了變化。她原本脫皮起水泡的肌膚開始結痂癒合。

變化持續進行，鬆弛的皺紋像是鑽出泥土的蚯蚓般爬滿她全身，她的眼袋浮腫、豐腴的臉頰變成垮下的贅肉，就連金髮也迅速轉白。海柔使用魔鏡讓自己變得衰老，而且年齡持續向上攀升。

等到大鬍子覺得不對勁時已經來不及了。

海柔轉瞬間成為形容枯槁的老人，她的雙眼失去光彩，眼皮緩緩闔上，她至死珍愛的魔鏡則自她鬆開的雙手中滑落……

大鬍子撲身向前，在千鈞一髮之際接住了魔鏡，魔鏡沒有摔碎。

「媽的賤貨！差點把魔鏡給砸了！」他啐了一口痰，眼神瘋狂地掃過我和尼可拉斯，「看清楚吧！我可一點也不在乎你們的小命，起碼這賤人證明了她說的是實話，我可以交差了。」

親眼看見海柔死去，我說不出話、也流不出淚了。原來，在痛徹心扉後，身體反倒失去痛覺，我感到由內而外的麻木了。

大鬍子謹慎的將魔鏡以一塊琥珀色的布包好，然後塞進衣服裡的內袋。接著走到我們面前。

「那麼快就死了還真可惜，我還沒有把全部收藏都拿出來呢！看來我們的進度要慢一點，才能把開花梨、懲治鞋和拉架也拿來用用看！」

「選我！拜託你選我！」尼可拉斯猛力搖著籠子大喊。

「看來你很期待試用這些道具嘛！」大鬍子獰笑著，以貓爪戳著尼可拉斯的籠子。

「你現在就把我的籠子打開，看要放我坐上審訊椅、還是要用貓爪凌遲我，都放馬過來！」尼可拉斯低吼。

大鬍子僅是輕蔑一哼便緩緩踱回牆邊，他將貓爪掛回原位後來到我面前。我的籠子被放到地板上、鎖頭被打開，我虛弱到無法抵抗，只能任由大鬍子將我拖出來扔在地板上，身上沾滿了混和海柔的尿液和血液的自來水，一身狼狽。

「我要殺了你！我要殺了你！」尼可拉斯暴怒嘶吼。

我全身顫抖的躺在地上縮成一團，哀傷的看了尼可拉斯一眼，隨即將臉別開，不讓他看見我眼裡瀕死的恐懼。

大鬍子在掛著刑具的牆壁前方來回走動，拿不定主意要選哪一件。最後，他挑了一個佈滿釘子的豬臉鐵面具過來。「我已經在妳的背包裡找到笛子了，現在妳要告訴我笛子的魔法是怎麼運作的？」

「你把那個東西套到我頭上，我就沒辦法吹笛子了。」我害怕的仰望他。

「我不需要妳吹笛子，也不需要妳教我怎麼吹，我只要知道運作的原理。」他一步步向我逼近。

我瑟縮地躺在冰冷的地板上，尼可拉斯沙啞的怒吼持續在耳畔繚繞。銀笛……我想起了銀笛天籟般的音色和貼合嘴唇的觸感，如果我拿到銀笛，就可以挑選一首蠱惑人心的曲子。雖然我現在還想不出來會是哪一個，但我知道，銀笛是最後的機會。「求求你，我可以示範……」

「妳以為我會犯下相同的錯誤嗎？」大鬍子在我身邊跪下，一張大臉朝我噴出口臭，「誰知道妳會吹出什麼鬼玩意兒？」

他邊冷笑邊起身，忽地旋身朝我毫不留情的踢了一腳，就踢在我抱緊自己的四肢上。

我被突如其來的力道踹飛出去，腦袋撞向審訊椅的椅腳，耳朵嗡嗡鳴響，遙遠的某處好似傳來尼可拉斯撕心裂肺的慘叫。

不行，我還不行死，我的門齒緊緊扣住下唇，咬得滲出血來，我一死，大鬍子就會找上尼可拉斯，就算痛不欲生，我也要撐到最後一刻。

「想玩嗎？老子就陪你玩到底！」大鬍子撂下話。

手機鈴聲響起，大鬍子從口袋裡掏出電話，轉身離開行刑室、走上樓梯。

「阿娣麗娜？妳還好嗎？」尼可拉斯哽咽著問，「妳一定要撐下去，我會想辦法救妳出去的！」

我躺在地上一動也不動，鬆開的嘴唇溢出鹹味，全身只剩肺葉還不願放棄，強迫我的身體吸入和呼出。尼可拉斯的聲音會是最美好的安魂曲，比貝多芬、蕭邦和馬勒的都好。

「喔！阿娣麗娜……回答我！」尼可拉斯泣不成聲，斷斷續續的說道：「別死，我愛妳啊，求求妳別死！」

我的淚珠滑過揚起的嘴角。

據說臨終時會視力模糊、呼吸緩慢，人體的疼痛感也會自動減弱，拖著病軀承受女巫審判的私刑，也許疾病反倒讓我比海柔幸運一點。我感到飄飄然的，好像時空突然靜止了。

尼可拉斯，我也愛你。我在心裡說道。

此刻，從樓梯間席捲而下的風暴再度來襲，大鬍子回來了。

大鬍子沒忘記他未竟的事宜，他粗魯的扯著我的手臂、把我像拖豬仔似的拉到靠牆，然後將豬臉鐵面具安在我臉上。

冰冷堅硬的金屬套在我的頭部，遮蔽了我的視線，我只能隱約從挖在面具眼部的小洞看見大鬍子一部份的軀體，我的呼吸迴盪在面具內，提醒著我、我還活著，卻也活不久了。不知道過去有多少無辜女人戴上這個面具，然後在和我同樣的驚恐中，認下莫須有的女巫罪名。

「鐵面具的竅門在於面具上的釘子，全部都可以鎖進肉裡，甚至深達頭骨，真是完美的發明！」大鬍子得意地的說。

我忽然有些感謝這個面具，多虧有它，我在死前不會看見尼可拉斯哀傷的表情，尼可拉斯也可以假裝戴著豬臉面具的不是阿娣麗娜。

我對我母親感到抱歉、對朱利安感到抱歉、對海柔感到抱歉、對尼可拉斯更是抱歉，一想到拖累了他我就心碎。起碼我死在前面，不需要親眼看著所愛之人受到凌虐。這點自私是上天賜給我最後的恩惠。

脖子以上的重量讓我承受不住，我虛弱的靠著牆，感覺生命如掌心的流沙般一點一滴在流逝……

天花板落下粉塵，一步接著一步。

「媽的！搞什麼！」大鬍子從腰際掏出一把槍，三步併作兩步衝上樓梯。

一陣凌亂的腳步聲從天花板傳來，接著是扭打和碰撞桌椅的聲音、以及更多槍響。

不一會兒，樓上歸於寂靜。只剩下一組腳步聲。

有人走下樓梯，步入行刑室，我艱難的抬頭，看見了在我心裡糾纏了好一段時間的鬼魅。

我啞然失笑，是鷹勾鼻小偷哪，他對我佈下天羅地網，現在終於水到渠成了，也罷，無力移動半吋，我只能眼睜睜的看著他走來。

他在我身旁蹲下，先將手掌貼在我的頸側感受脈搏，接著又俯身以手指查探我的鼻息，最後摸摸我的額頭，還拿出手電筒翻看我的眼睛。

我被強光刺激的畏縮了一下。

「你是誰？」尼可拉斯問。

「我是李歐。」他說。

李歐扶起我，將兩顆止痛藥塞進我嘴裡，讓我和著運動飲料吞下，我口乾難耐，又急促牛飲了好幾口。

「我檢查過阿娣麗娜的生命徵象，她會沒事。」他以鑰匙幫尼可拉斯解開籠鎖時對他說。

尼可拉斯掙脫牢籠後，以最快速度盡力跛著腳向我跳來，他跪下，將一身腥臭的我緊緊摟在懷裡。「妳還好嗎？妳還好嗎？」尼可拉斯柔聲問道。

我勉強的點點頭，尼可拉斯見我意識清楚後鬆了口氣。

「你們在這裡有見過罪犯的其他同夥嗎？我們得要提防他的黨羽回來。」李歐問。

「沒有，我們幾個小時前才剛醒來。」尼可拉斯說。

「好吧，我已經聯絡後援了，但還是得隨時提高警覺。來，我抱阿娣麗娜上樓，你自己走可以嗎？」李歐問。

尼可拉斯戒備的抬起頭看著李歐，說道：「你要怎麼證明你是李歐？阿娣麗娜說你在台灣的歌劇院後台襲擊她，而且我們還在瓜納華托的聖母大教堂外面看到你，說不定你根本就是教廷的人，想要黑吃黑！」

「既然你們找得到海柔，應該也聽過我的名字。至於我為何出現在台北和瓜納華托嘛，這當然不是巧合，我是執行勤務中的刑警。」

「少來，你是德國人吧？德國刑警怎麼會管到法國人在墨西哥被謀殺的案件？」

「我是國際刑警，在接獲克勞德的黑色通報後，就開始追這件案子。」

「拿出證據來。」

「我根本不需要向你們兩個證明什麼。」李歐說。

「如果你是李歐，絕不會吝於得到我們的認同。」尼可拉斯強硬的說。

李歐瞪著我們好一會兒，才無奈地掏出一個皮口袋，他鬆開袋口，將一把光滑的小石子攤平在手掌上。小石子只比骰子大一點，像是摻了黃金成分的黑石頭，點點金光在一團墨黑中閃閃發亮。

「這是尋人石，我就是靠它們追蹤阿娣麗娜的。」李歐蹲在地上默唸了幾句話後，便輕輕擲出尋人石，黑色小石子向四面八方滾動，最後排列組合出一個瞄準我的箭頭形狀。

「尋人石可以顯示方向、地名或是經緯度，前提是我得清楚知道自己要找誰，最好連名字和長相都記得。」李歐將尋人石收回皮口袋束緊。

「阿娣麗娜，他真的是李歐，他有法器。」尼可拉斯在我耳畔喃喃說道，「別怕，我們得救了。」

「讓我來？」李歐伸出手。

我緊抓著尼可拉斯的袖子不願鬆手，他柔聲哄了我好一會兒，才小心翼翼地把我交到李歐手中，李歐一把將我抱起。

在跨離門口的剎那，我正好瞥見審訊椅。椅子上的海柔頭部前傾，白髮遮蔽了臉孔，血跡斑斑的身子殘破不堪，這是我見到海柔的最後一面。

我們沿著樓梯向上，發現行刑室的樓上是一間婚禮教堂，通往地下室的樓梯被巧妙地藏在角落的活板門下方。

深褐色的木質地板上林立觀禮的白色長椅，正中央的走道則鋪了一塊咖啡色長毯，大鬍子倒臥在長毯上不省人事，一隻手和椅腳銬在一起，腳踝邊流淌血漬。

「那傢伙死了嗎？」尼可拉斯問。

「放心，我沒有殺他，他只是暈過去了。」李歐說。

「喔，我本來還想誇讚你的。」尼可拉斯失望地說。

此時，教堂外傳來數道緊急煞車聲，李歐的後援抵達了。只是，來的不是警察，而是聯邦調查局。

我從沒想過朱利安這麼有辦法，不僅可以和聯邦調查局一起行動，甚至還一馬當先搶在武裝探員前面衝進犯罪現場。

「尼可拉斯？阿娣麗娜？」朱利安快步跑到我們面前，憂心忡忡問道，「你們有受傷嗎？」

事隔多年，尼可拉斯首度抬頭直視父親的雙眼道：「我沒事，阿娣麗娜比較嚴重。」

「沒事就好，我們離開這裡吧。」

朱利安將尼可拉斯的胳膊架在肩上，尼可拉斯沒有反抗，順從地讓父親攙扶著他走。

忽然一陣騷動。

一瞬間，李歐抱著我向後倒下、尼可拉斯被推倒在地上，朱利安則和大鬍子扭打成一團。

大鬍子不知何時甦醒了，他和朱利安正在搶一把槍。

我們以長椅作為掩護，聯邦調查局的探員們則迅速湧入教堂裡，有人大喊「別動！」，一時間，好幾把槍瞄準了地毯上滾動的兩人。

一聲槍響。

又一聲。

大鬍子應聲倒下，探員們蜂擁而上。

「爸？」是尼可拉斯的驚叫聲。

「只是擦傷手臂，沒事。」朱利安以右掌壓住左臂，鮮血濡濕他左邊的袖子。

一個探員走上前來，把壓在李歐身上的我抱起來，方便李歐自行起身。我聽見有人以對講機請求救護車支援，還聽見另外有個人說嫌犯已經中槍身亡。

救護車來了，還不只一輛，救護人員和武裝探員來來往往，某個貌似指揮官的高大男子在現場比手劃腳，一名探員將我抱出教堂門口後，母親迅速跑過來，淚眼汪汪的呼喚我的名字。

救護車的聲音、對講機的聲音、人們的呼喊聲……婚禮教堂頓時像散場的戲院般喧鬧，可惜這不是電影，是活生生的恐懼。我轉頭，瞥見尼可拉斯和朱利安在一塊兒，兩人看來安然無恙。終於結束了，我們再一次與死神擦身而過。

我被送上救護擔架時已經意識不清，只知道醫護人員替我做了檢查，又把我抬進救護車內，而母親始終亦步亦趨。

我仰躺在救護車內，看著藍色屋頂和磨石子煙囪的白色教堂逐漸縮小，最後消失在視線內。

糖果屋（Hänsel und Gretel）

父親無法違背繼母的意思，只得帶著小兄妹步行深入森林，直到來時的路被荒煙漫草吞沒。然後便找了個藉口撇下他們，獨自離去。

幸好聰慧的小兄妹早有準備，他們循著沿路扔下來做記號的石子，還是找到了返家的路。

第九章

每一次睡意朦朧的睜眼，都比前一次清醒。

我在恍惚間夢見自己躺在柔軟如棉花堆的雲朵裡，啜飲香甜如蜜的乳白飲品，聆聽天使吟詠的歌聲。金色光芒穿透雲層，灑落如晶的色澤，某種樂器吟唱出我所熟悉的旋律，一首接著一首。是什麼呢？我反覆思索傾聽。

音符是銘刻在我基因中的印記，與生俱來，我的靈魂與之共鳴。一簇儀態婉約的藤蔓從我的記憶深處拋出細嫩的枝葉，藤蔓在我腦海裡伸展開來，答案也隨之浮現，是銀笛，唯有銀笛才能充分演繹出曲調中千變萬化的情緒。我以為自己不曾聽過銀笛的笛聲，錯了，笛聲曾經日以繼夜地在耳畔縈繞，我全都想起來了。

銀笛的笛聲揭開了塵封的往日，那些關於父親的蒼白印象再度鮮活起來，我從夢中甦醒。

「媽？」我睜開惺忪雙眼，見到母親正愁容滿面的盯著我看。

「妳醒了？謝天謝地！」她大大鬆了一口氣。

「我在哪？」我問。

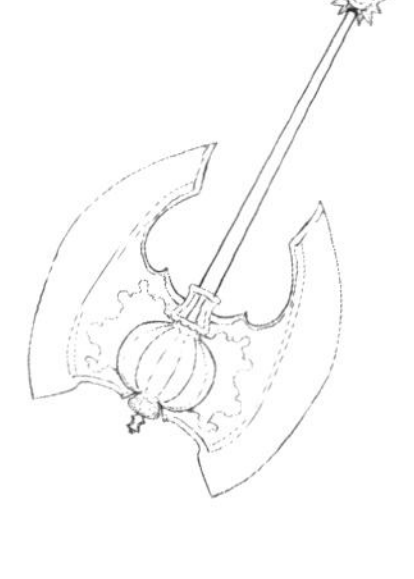

「妳在翡翠湖小屋，已經睡了兩天了。這兩天內妳的意識一直沒有完全清醒，真是嚇死我了！」

我揉揉臉，原來我在白色房間裡。

「醫生說妳沒有大礙，身上只剩下幾處瘀傷沒好。妳有沒有覺得哪裡不舒服啊？」她柔軟的手覆上我的額頭，「頭會痛嗎？喉嚨還痛不痛？」

我搖頭。

「可憐的孩子，看妳瘦了一大圈！」母親以憐惜的目光端詳著我。

「媽，我沒事。」

「妳一定餓了，要不要再喝杯熱牛奶？」不等我回答，母親便將枕頭立起來當作腰墊，協助我坐直身子，又將另一顆枕頭拍鬆，讓我枕在頸後。

母親在無意間碰到我手臂上的瘀青，刺痛令我忍不住悶哼一聲。

「很痛嗎？」她焦急問道。

在我再三保證不太痛以後，她轉身端來一杯牛奶，像照顧病患般小心翼翼地扶著杯子，我低頭小口啜飲溫熱的牛奶，心裡一陣感動，為了讓我隨時能喝到熱牛奶，母親不知道換過多少杯了？

「媽，妳一直在房裡照顧我嗎？妳的假期應該快結束了吧？」我問。

「沒關係，那不重要，我已經請假了。」她微笑，閒不下來似的替我拉拉被子。

我抬眼看她，母親繞著我打轉的目光滲出疲憊，憔悴不知何時偷偷爬上她的臉龐劃地為王，嘴角與眼尾像乾渴的土地龜裂，秀髮則如枯草般焦黃。

天哪，我的母親耶，永遠像是剛走出美容院般容光煥發的梅蘭妮，不過幾天光景，就被消磨的像是……

像是一個再普通不過的、愛女心切的母親。

「媽，對不起，我不該偷溜出去。」我咬著唇。

「沒關係，」母親伸手替我將一縷髮絲勾到耳後，「人沒事就好，幸虧朱利安靠著尼可拉斯手機的衛星定位找到妳們了。」

「真的好險，要是再晚個幾步……」我就會和海柔一樣了。

「我們抵達拉斯維加斯警察局時，警察說妳們已經被保釋出去了，我們不知道保妳們的人是敵是友，於是朱利安追蹤妳們的位置，發現妳們居然在一間結婚教堂裡。」母親像是冷了般輕撫胳膊，嘆道：「當初卡莉就是死在教堂裡，朱利安覺得可疑，便聯絡了在聯邦調查局的朋友，正巧局裡收到要求後援的通報，我們就馬上趕去現場了。」

「那，海柔怎麼樣了？」

母親望向窗外：「抱歉，我們沒能把海柔也救回來。」

海柔的死狀始終揮之不去，每次閉上眼，我都會看見她被綁在審訊椅上哭泣。我不明白，為什麼教廷一邊手持聖經宣揚耶穌的愛，一邊又手舉鐮刀將我們斬草除根？而且殺光我們還不夠，還要把那些視為罪惡的法器通通弄到手？

「媽，可不可以對我說實話，我們究竟是什麼人？為什麼會擁有銀笛？」

「看來也不可能瞞著妳了。老實說，我也搞不清楚銀笛的由來，我只知道妳外婆的母親將銀笛傳給她，妳外婆又傳給了我，將來我也會從我的孩子裡選擇一名傳人，既然我沒有別的孩子，那顯然就是妳了。」她乾笑。

「那我們和童話故事有什麼關係呢？我是說，朱利安和尼可拉斯有一套很厲害的斧頭，所以他們是金斧銀斧鐵斧故事中的樵夫？而我們是趕走老鼠的吹笛人？童話故事裡的人物怎麼會誕生在現實生活中呢？」我問。

母親長長吁了一口氣，歪著頭說：「我沒有想過這個問題耶。」

「啊？妳都不會覺得奇怪嗎？好吧，那妳總該知道銀笛的魔法是怎麼運作的吧？」

「不知道。」她搔搔頭，

「有沒有可能是銀笛的聲音能產生強大且高幅度的震動頻率，從而影響其他物質與之共振，所以當銀笛奏出一首樂曲，便可以將曲子的意境實質化？」

「我的物理不好，聽不懂妳在說什麼。不過妳講得滿有道理的。」她摸摸我的頭。

我看著她的雙眼，發現她說的都是實話，不知所以然正是她一貫的作風。啊，回家真好。

「所以妳大概也不知道銀笛能不能針對特定對象囉？」

「啊哈，這題我會！專注於妳的心智就可以。只是要淬煉出全神貫注的意念很難。」她以手指梳開我的頭髮說道。

「瞭解。」我咬著手指，盤算如何開口詢問夢境的事。「對了，媽，妳知道樂譜的最後一頁被人撕掉了嗎？」

母親嚇得抽回手，低頭閃避我的眼光。「啊？有嗎？我不知道。」

抓到了！她在說謊。

「我夢見爸爸了，在夢裡，爸爸病得很重，而妳一直站在病床前吹銀笛，有這麼一回事嗎？」我直勾勾的盯著她瞧。

「當然沒有。」她嚴正否認。

很好，母親連續說了兩個謊。不過我暫時不想強迫她對我坦白，畢竟我已經讓她煩惱太久了。況且，我還有更急的事情想問。

「媽，尼可拉斯還好嗎？」

「喔，尼可拉斯啊，真是個重情重義的好孩子呢！這幾天他都在書房裡晃來晃去不肯走耶，就連睡覺也直接睡在書房的沙發上，就等著妳醒來。想見他嗎？我去叫他進來。」

「還有，我肚子有點餓。可以幫我煮點東西嗎？」我故意支開她。

母親眼睛一亮，「想吃什麼？依我看，你暫時還是先吃流質食物就好，南瓜蘑菇濃湯？還是玉米湯？」

「都好。」我將棉被裹住肩膀，感到既雀躍又緊張。

母親旋即從椅子上起身，興沖沖的打開房門，尼可拉斯焦急的聲音立刻傳入：「阿娣麗娜醒了嗎？」

「醒了，你進去看看她吧。」母親闔上房門離去。

尼可拉斯踱了進來，我對一直在門邊守候的小伙子微笑。

「嘿，妳醒了。」他雙手插在褲袋裡，走到床邊一呎便踟躕不前，表情有些彆扭。

我想起命危時尼可拉斯悲痛欲絕的片刻，發覺我們可能糾結於同一件事，臉於是熱了起來。

尼可拉斯背光而立，他的深邃雙眼和濃密捲髮在陰影的烘托下更顯立體，仿若每一刀工都恰如其分的雕塑品，令我怦然心動。

「你穿連帽T恤看起來好可愛，比道具服或花襯衫適合多了！」傾慕瞬間脫口而出。

他低頭傻笑，我則害羞地將棉被拉高到臉部，只露出眼睛。

這段期間以來，我們不斷摸索彼此的改變、試探對方的心意。尼可拉斯淌著淚緊抱我不放的畫面在我腦海裡不斷重播，讓我不能呼吸、不能思考，我知道自己極度渴望擁有他，而且不想再等下去了。

「坐下吧，我已經好多了。」我招呼他來到床邊的椅子，「抱歉讓你苦等了兩天兩夜。」

「苦等？誰苦等？」尼可拉斯差點從椅子上跌下來。

「不是嗎？喔，我還以為在我快要死掉的時候，聽見有人向我深情告白哩。」我悻悻地說。

「呃……」他抓抓頭。

「唉，我本來還想對他說一樣的話的。看來是想太多了。」我瞪著天花板扁嘴道。

尼可拉斯結巴：「其實……我一直以為妳對我父親有意思。」

「傻瓜，四四拍和三六拍要如何協調？」我翻了個白眼。

他靦腆的笑了。「雖然我無法理解妳說什麼，但語氣聽來是否認的意思。」

「我是說，我和朱利安就像調頻和調幅一樣，有根本上的不同啦。所以你到底要不要把握現在獨處的機會？」我迎向他的目光，心臟不聽指揮的亂跳。

他咧嘴傻笑，抬頭又低頭、抬頭又低頭，不斷以手掌摩擦大腿，將手汗擦在褲管上。

「天哪，你這呆子！說些讚美的話恭維我！說你喜歡我哪裡啊？」我故意逗他，尼可拉斯不知所措的樣子真可愛。

「妳知道嗎，其實我的文學造詣和音樂一樣爛耶。」他小聲抱怨。

我忍著偷笑，一臉殷殷企盼地望著他。

尼可拉斯拗不過我，只好正襟危坐，清了清喉嚨道：「嗯……我喜歡妳樹皮色的頭髮，看起來很自然。還有妳的酒渦，雖然是肌肉缺陷但很可愛……和妳相處起來總是充滿歡笑——」

樹皮色的頭髮？肌肉缺陷的酒渦？

「天哪。」我雙手捧頭大笑。

接著他就吻了我。

尼可拉斯撲上來，結實的胳膊將我向後壓，高舉的雙手與我十指交扣，他的吻時而溫馴時而狂熱，如難以捉摸的浪潮。時間彷彿靜止，我們沉醉在彼此的呼吸中，迫切的想要將對方完全佔有。他的吻像是天堂的詩篇、又像是迷幻的淵藪，怎麼樣都要不夠。

我的指節緊緊嵌入他的指縫，全身發燙、胸脯劇烈起伏，他卻忽然放開了我。

「房間。」他眼裡滿是柔情蜜意。

「啊？」我喘息不已。

「這個白色的房間，所有裝潢和家具都是我為妳挑選的。還有，」他鬆開我的左手，從領口扯出那條玻璃瓶項鍊，「你問過我玻璃瓶裡面裝的是什麼？我現在告訴妳，裡面是妳的一撮頭髮。十一歲那年夏天，我趁著妳睡著時偷偷剪的。」

「為什麼？」

他深深望入我的靈魂，道：「阿娣麗娜，我愛妳，愛了很多年。」

我震驚的說不出話，隨即一把摟住他的頸子，主動湊上去吻他。

我想起在瓜納華托的滿天星斗下相擁而舞，以及在納沃華的破舊旅館裡熬夜談心。天哪！這傢伙一直都愛著我，卻從未說出口！這就是為什麼當我在翡翠湖畔問起項鍊時他會那麼不自在，也是為什麼在跳舞時他一度真情流露，卻又急踩煞車！

去他的要有九成把握才行動的原則！

「所以你確實有偷偷在網路上搜尋我的名字？」我輕推開他問道。

「沒有，只有google訂閱。」他告白。

「什麼？」我深受撼動，邊哭邊笑地用力抱住他、將臉埋入他的肩頭，喃喃道：「我愛你、我愛你、我愛你。」

「我也愛妳。」他溫柔回應。

才不到兩天光景，便傳來太平洋颱風挾帶冷空氣來訪的消息，天氣說變就變。雨雪擊打著翡翠湖小屋的玻璃牆，霧濛濛的窗外，洛磯山脈成了一幅渲染暈開的水墨畫。

屋外寒風無情肆虐，起居室裡卻滿室馨香。母親穿著襯衫和魚尾裙，秀髮挽成一個優雅的髮髻，見她再度梳妝打扮著實讓我放心不少。至於朱利安和尼可拉斯，簡直可以當選地表帥哥基因最強父子檔，我不禁偷偷幻想，若是站在屋外望進窗戶，會是一幀怎樣美麗和諧的全家福？

午茶時間，一顆重達三公斤的松露王讓我們大開眼界，朱利安正說到在拍賣會上以天價打敗競爭者、成功競標到十顆頂級阿爾巴白松露的故事。當他開玩笑地說，自己將那次去義大利工作的所得全數投資在十朵昂貴的香菇上時，我們都忍不住哈哈大笑。

桌上的浮雕三層瓷盤擺了魚子醬麵包、鵝肝醬餅乾和其他許多精緻可口的小點心。管家暫時離開烹煮熱紅酒的爐火，又替我們送上一個鑲金邊的碟子。

「這種巧克力每年只生產兩千片，每片都有身份證明編號，因為我和老闆是好朋友才拿得到喔，阿娣麗娜，妳不是愛吃巧克力嗎？多吃點。」朱利安將碟子推到我面前說。

我取了一片放進嘴裡，連連發出讚嘆聲，馥郁細膩的滋味如盛開的花朵在我舌尖綻放，我從來沒有吃過這麼好吃的巧克力。

「阿娣麗娜最喜歡巧克力了，一次可以吃好幾百克呢！幸好年輕人的新陳代謝好，否則不知道要胖成什麼樣子哩！」母親心情大好，開始抖出我的糗事。

「媽！」我紅著臉制止母親，一面偷看尼可拉斯的反應。

「幸好我確定阿娣麗娜是我陣痛十小時生出來的寶貝，否則以她這種吃法，別人八成會以為她和李歐才是一家人呢！」母親愈講愈高興。

「嗨！葛麗特！」尼可拉斯促狹笑道。

我瞟他一眼，將手上最後一小塊巧克力扔進口中，自李歐從婚禮教堂救出我們後，他的形象就從變態小偷搖身一變為救世主，母親和尼可拉斯對他國際警察的身份深信不疑。尤其是母親，常喜孜孜的表示希望當面向李歐道謝，全世界似乎只剩我懷疑他有古怪。

巧克力尚未完全與唾液融合，母親竟又說道：「不只這樣呢，阿娣麗娜八歲的時候還偷偷報名了大胃王比賽，要不是我堅決禁止她參加，現在大家就可以在電視上重播她狂吃巧克力的模樣囉！」

母親揮舞雙手，比出不停往嘴裡塞東西的動作，引來一陣瘋狂大笑。

「謝了，媽，我也愛妳。」我向尼可拉斯吐舌，負氣地又從碟子上拿起一片巧克力，心裡卻忍不住替他們父子倆關係破冰而感到高興。

沒有任何一幅畫作比同時看見朱利安和尼可拉斯神似的笑臉更令人動容了，雖然在鬼門關前走了一遭，但能令他們重拾父子親情，我覺得很值得。

起居室內一片和樂融融，母親嘹亮的笑聲盈耳不絕，翡翠湖小屋彷彿回到五年前的那個夏天，又有了家的感覺。

艾德溫管家適時地為大家斟滿熱紅酒，母親舉杯道：「敬朱利安，謝謝你保護孩子們，你不僅幫他們銷了案底，還挨了歹徒一槍，我真不知該如何表達我的感激。」

「還有，爸，很抱歉我讓斧頭被警察局扣押了，謝謝你把它拿回來。」尼可拉斯說。

「我只是做身為一個父親該做的事。」父子倆眼神交會，朱利安拍了拍他的肩頭說，「倒是你們，收集證據的點子真是太天才了！我以你們為傲，乾杯。」

我們紛紛舉起酒杯，讓香甜的管家特調熱紅酒暖了心、也暖了胃。熱紅酒味道很好，是幸福的味道。

這時，朱利安的手機響了。他向螢幕不耐地瞥了一眼，迅速掛掉電話。

「不接嗎？」母親問。

「不了，現在是家庭時間，那些愚笨的傢伙也該學學自己處理工作，不要把每件小事都拿來煩我。」他愉快地說。

手機鈴聲再度響起，不過這次換成尼可拉斯的。面有難色的尼可拉斯嘆了口氣，和朱利安相互交換了眼神。

「希妲嗎？」朱利安問，尼可拉斯點頭。朱利安命令道：「不要接。」

尼可拉斯索性關機。我對希妲的名字有印象，就寫在那張手抄的七人名單裡。

「為什麼不接希妲的電話？」母親問。

「我已經把我知道的狀況都告訴她了，也交代她不要亂跑，注意自身安全。」朱利安將手機扔在沙發上，苦笑道：「可是她偏不信邪，還是天天往海邊跑，又是沙灘排球又是月光比基尼派對的，然後再來向我追問和教廷談判的進度，你說我有什麼辦法？」

「唉，美人魚。」母親諒解地點頭，喃喃表示同意。

如糾纏不休的鬼魅，朱利安的手機鈴聲再次不死心地高聲吟唱。

「失陪一下。」他從沙發上起身，斂起笑容走向角落。

「……不要拿股東來壓我，可燃冰就是最合適的建材，我才不在乎投資開採設備的經濟規模夠不夠大，如果股東對資金流向或設備技術存疑，我們就和日本、或是中國合作！」

聲音斷斷續續傳來，尼可拉斯笑著對我眨眨眼，朱利安好像是在討論拉斯維加斯冰雪奇緣城堡酒店的建案。那是個了不起的案子，希望蓋好以後我能親眼一睹風采。

「我確信冰雪奇緣酒店賭場案子的投資報酬率絕對難以想像，安撫股東是你們的責任，不是我的工作吧。多少金主捧著資金想要入股都被我婉拒了，因為我認為這不是我該操心的……申請營建執照卡住了？我對安全性當然有百分之百的把握，你們是大財團，應該不需要我這個小人物親自聯絡州長吧……」朱利安晃著酒杯冷冷的說。

「呼，朱利安的電話真多，我們一起去墨西哥時他也是電話接不完。你父親處理公事總是力求完美，是吧？」母親問尼可拉斯。

「是的。」

幾分鐘後，終於朱利安掛上電話，帶著杯子和一瓶剛開的新酒回來。

「朱利安，聽說你打算在拉斯維加斯蓋冰宮，真是難以想像，一定非常有挑戰性！」我說。

「是啊，那確實是個偉大的點子，可惜很多人會覺得太過異想天開。當然囉，並非每個人都能理解為何安東尼高第要花四十三年來設計一百年還蓋不完的聖家堂，我也不期望大家都能欣賞以可燃冰在沙漠裡蓋酒店、在科技與藝術層面的驚人突破。等到完工後，世人絕對會像去麥加朝聖一樣蜂擁而至，這點我很有自信！」他說。

眾人點頭如搗蒜。

他將醒過的酒杯湊近鼻子，笑道：「況且，若迪士尼公司只想弄個假的廉價塑膠冰宮，就沒必要花大錢請我去幹活了。一九九七年的羅曼尼康帝葡萄酒，謝謝！迪士尼！」接著一飲而盡。

我們笑了起來，忽然，艾德溫管家不知從哪裡搬出幾個大箱子，開始在地板上拆箱。

「梅蘭妮、阿娣麗娜，我有禮物要送給妳們。」朱利安打開一個紙箱，裡面是超大的揚聲器。「我會請管家在書房裝上一組頂級的環繞音響和最先進的高科技耳機，希望你們在翡翠湖小屋彈鋼琴或吹長笛時，也能得到和樂團合奏的臨場感。」

「天哪！這真是太棒了！」我跳了起來，在幾個箱子間繞來繞去。

「朱利安，其實你不用這麼做的。不過還是謝謝了。」母親微笑。

「為了妳們的安全著想，很抱歉，這段時間必須要讓妳們都待在翡翠湖小屋。我已經請保全公司加強陸空巡邏，從小屋到鎮上每兩公里會設一個哨點，屋子四周也已經加裝紅外線偵測，另外，明天會重新整理安全室，還會購入一架私人直昇機固定停放在停機坪。」朱利安滿臉自信，「我透過關係讓警方將婚禮教堂的案子視為單一事件結了案，這樣可以避免尼可拉斯和阿娣麗娜被媒體和國際警察追著跑。另外，我有朋友替我引薦了教廷的高層，對方同意和我方做個交易，相信我，我會擺平這件事。」

「真是太好了！謝謝你，朱利安。」母親說。

「尼可拉斯，我請老查每週過來兩次，你們可以做任何想要做的東西，看是要拼裝坦克車啦、還是研究時光機器，反正帳單迪士尼會付。」朱利安轉頭對尼可拉斯說。

「太讚了！謝謝爸。」尼可拉斯難掩興奮。

母親高興、尼可拉斯高興，我就很高興，朱利安的周到思慮成功收買了所有人的心。我依然欣賞他，不過是出於對長輩的敬愛。

屋外的雨勢漸大，夾雜風雪的雨水自灰沉沉的天際落下，彷彿希區考克電影中瘋狂鳥群的恐怖攻擊，霹哩啪啦的往玻璃牆上撞，可是，卻怎麼也掩不住屋內的笑聲。

此時，引擎聲由遠而近，一輛車駛進前庭。

「一定是我特別訂購的生蠔和龍蝦送來了。今天晚上讓艾德溫管家露兩手，把你們養胖些。」朱利安興高采烈地說。

「好棒！」我們紛紛對屋外的車輛投以期待的眼光。

可惜，車子熄火後，下車的並不是生蠔和龍蝦，而是李歐。

雨雪隨著敞開的大門刮入屋內，李歐脫下磨舊的風衣和帽子遞給管家，佈滿皺紋的舊皮靴在門檻留下兩道濕答答的鞋印。管家瞪著沾染污泥的玄關，僵硬的表情像是多活了好幾世紀。

「嗨，李歐，坐啊！」母親微笑。

李歐銳利如鷹的眼神掃過起居室，最後在我的腳上停駐了一會兒，繼而抬頭說道：「我應該早些時間來訪的。」

「這裡不是你該來的地方。」朱利安寒著臉道。

刺骨涼風在室內打轉。母親看看李歐、又看看朱利安，面露尷尬。

「我可沒忘記你逼著阿娣麗娜在劇院後台爬上好幾層樓高的頂棚，要是她摔下來，沒死也會半殘。」朱利安說。

「相信我，我有你們會想知道的資訊。」李歐毫無懼色。

兩人對峙，最後朱利安讓步道：「好吧，我們到樓上書房談。」

「每個人都要在場，我的訊息是帶給所有人的。」李歐說。

「你要知道，我才是這裡的主人，而你並不受歡迎。」朱利安倏地起身道。

朱利安毫不客氣地怒目相視，李歐則揚起下巴，鷹勾鼻下的薄唇緊緊抿成一條線，賓主各據一方，所有吐出的字句都在空氣裡凝結成霜。

「朱利安，我知道你想要保護我們，不過李歐大老遠跑來，應該給他個機會，聽聽他想說什麼。」母親輕輕扯著朱利安的手臂。

朱利安看了她一眼，回頭問道：「阿娣麗娜，妳可以接受嗎？」

「我接受，其實，我也有些問題想弄清楚。」我說。

書房裡的陰鬱氣壓如暴雨前的海象，艾德溫管家替李歐開門的同時，連室外的壞天氣也一併帶了進來。

朱利安與母親同坐在沙發上，我和尼可拉斯則各自佔據了一側沙發扶手。沙發對面，管家替李歐搬來一把皮革辦公椅，但他並沒有坐下，只是在書房內慢條斯理的踱步，一會兒摸摸書櫃、一會兒又抽出一本書翻閱。

「李歐，你不是有消息要告訴我們？」母親問。

「唔，房子很漂亮。」李歐轉身面向前庭的玻璃牆，「天氣好的話景色應該很不錯。在國家公園裡蓋這麼特殊的房子一定很不容易，光是要拿到產權和建築執照就很費功夫吧？」

朱利安的手指敲打著沙發：「翡翠湖小屋原址是我曾曾祖父的渡假別墅，所有改建與增設都符合安全規章，你應該不是特地來參觀房子的吧？」。

「我聽說拜訪別人家裡，先稱讚主人的品味是一種禮貌。這房子的確是間很不錯的渡假小屋，可惜交通不太方便。請問總共有幾間臥室呢？」李歐問。

朱利安翹著腳往後陷入沙發，看來對房子的話題興趣缺缺。

「總共五間，我們每個人住一間，艾德溫管家的房間在地下室。而且朱利安打算買一架直昇機，交通雖然不算便利，但我們住在這裡安全無虞。」母親替他回答。

「梅蘭妮，他才不擔心我們的安全，妳不需要什麼都告訴他。」朱利安低語。

「好。」母親低頭揉著袖子。

「原來還有停機坪哪，看來當建築師滿賺錢的，早知道我就不幹警察了。」李歐自書櫃抽出一本精裝書，「就連建築師的書看起來都比較貴。」

「這裡的每件物品都是珍貴的私人收藏，你手上的那本是達文西的《萊斯特法典：論水、地球與天體系統》，全世界只有兩本，另外一本由比爾・蓋茲買下。」朱利安冷言道。

「那我得小心點，免得這嬌貴的書頁給碰散了。」李歐表情木然地將書放回原位。

這時艾德溫管家端著托盤上樓，遞給每人一杯茶。

「這茶是中國武夷山的大紅袍，茶樹總共只有六株，有錢還不見得買得到。趁著難得機會多喝幾杯吧，說不定解渴後就能說正事了。」朱利安說。

「都等了二十一個世紀了，有什麼好急的？」李歐慢吞吞的走回皮革辦公椅，坐下後又不斷調整姿勢，幾番折騰後才開口道，「你們知道自己是誰嗎？知道為什麼能傳承具有魔法力量的法器嗎？」

沙發上的四人你看我我看你，面面相覷。

「看來只有我知道囉。我在成為刑警前已經先念完了神學院，而念神學院的目的只有一個，就是查清楚自己和尋人石的秘密。」他喝了一口茶，「確實解渴哪。念神學院的期間，我幾乎是以圖書館為家，不僅讀完所有基督教的書籍論文，甚至連佛教、回教也一併研究。有一個晚上，我在一本古籍裡發現夾在書頁中的一張希伯來文手寫稿。」

朱利安的手指停下動作，母親鬆開捏皺的袖子，我們全都摒息傾聽。

他的視線在我們之間游移：「最後我請朋友幫忙翻譯了手稿，終於發現我們與法器的來源：我們是原罪。」

朱利安不以為然的冷笑一聲，開始啜起茶。

「原罪？」母親呆呆的重複他的話。

「沒錯。」李歐點頭。

「什麼原罪？我們不都是童話故事裡面的人物嗎？」尼可拉斯問。

「錯了。」李歐舉起食指搖了搖，「那些可不是什麼童話故事，而是寓言故事，每一個故事闡述一種原罪。舉例來說，韓賽爾和葛麗特因為受到糖果屋的誘惑，所以被想要吃小孩的黑女巫抓住，最後兄妹用計打敗黑女巫、找到回家的路，故事的寓意就是貪吃會害死自己。貪食嘛，正是我的家族的原罪，而幫兄妹倆找路的尋人石就是我繼承的法器。」

「我不懂，原罪是基督教的神學理論，又怎麼會變成人呢？」尼可拉斯又問。

「連這個都不知道？」李歐屈身向前，「聽仔細了，《創世紀》中寫到，神在第七天創造了人類——」

「亞當和夏娃。」我喃喃道。

「——不對，最初的人類是亞當和莉莉斯。《舊約・創世紀》第一章二十七節，『神就照著自己的形象造人，乃是照著祂的形象，造男造女。』既然有男又有女，指的就是他們。另外，聖經外典《本司拉的知識》中清楚記載了莉莉斯的故事，莉莉斯是亞當的第一個妻子，也是世界上第一個女人，莉莉斯和亞當在交合時打鬥起來，莉莉斯說『我不可在下。』，亞當說『我當在上，不可在你之下，你當在下，不可在我之上。』莉莉斯回答『我們皆是從土裡生的，故你我無差。』

「後來莉莉斯逃出伊甸園，上帝為了給亞當一個願意服從的配偶，於是取出亞當的肋骨，創造了夏娃。但莉莉斯又看不慣夏娃對亞當唯命是從，於是變做一條蛇、說服夏娃吃下智慧之果，從此夏娃不再認為臣服於男人是應該的。上帝很生氣，便懲罰莉莉斯生下一百個子女，然後再失去一百個子女，令她飽受喪子之痛。可是莉莉斯是巫術之母，她偷偷保住了七名子女，將他們藏在人類的世界裡並分別賜予法器。也就是傲慢、妒忌、憤怒、懶惰、貪婪、暴食、色欲，七原罪。」李歐說。

「你是說，我們的祖先是莉莉斯的七個後代？」我皺眉。

「我們不是女巫的後代嗎？基於這個理由，教廷才會展開獵巫行動啊。」母親說。

「不不不，海因里希克雷莫和約翰司普倫格在《女巫之槌》的扉頁寫到，七名原罪存在於世、奉主之名務必除之。不過他們不知道七種法器是什麼，所以乾脆寫出一本教人辨識女巫的書，打算寧錯殺一百、不錯放其一。

「基本上，《女巫之槌》就是靠嚴刑拷打屈打成招。獵殺女巫的真正目的是要殲滅七個莉莉斯的後人，卻因為從前人們的無知，把天災人禍通通推到女巫頭上，讓獵巫行動演變為剷除異己的工具，最後造成十萬人喪命，卻沒有抓到任何一個真正的原罪。」李歐說。

「天哪……」母親手一抖，茶頓時灑了一地。「抱歉。」

「沒關係，管家會清理，妳別被這無稽之談給嚇壞了。」朱利安轉著茶杯，似在欣賞花紋，「原罪這解釋也太牽強了吧，不是只有你讀過聖經，打發時間的閒書我也看了不少，可從來沒有讀過莉莉斯生出七原罪的隻字片語。」

「秘密當然不會印在聖經的封面上，那就是為什麼我去念了神學院，而你沒有。」李歐伸出手指朝朱利安點了點。

朱利安被李歐的無禮態度激怒，臉色沉了下來，一旁的母親坐立難安。

我朝尼可拉斯的方向張望，只見他陷入沈思，莫非認同李歐的一席話？我承認自己最近比較情緒化、也不算太忌口，這樣就要誣賴我是『憤怒』或『暴食』嗎？拜託，我又不是聖人。親愛的尼可拉斯更不可能是原罪，他的人格比我高尚多了。

「我不相信你，我才不是什麼流淌著邪惡血液的原罪。我也很愛吃啊，所以我跟你一樣是暴食囉？物競天擇、適者生存，為了求生存，每個人多多少少都會有點自私，在愛情裡會妒忌、在生活上會懶散、美食當前則會貪吃。那才不是原罪，是人性！在場有知名的建築師和優秀的音樂家，你憑什麼說他們是邪惡的原罪？」我大聲反駁。

「身為原罪，我們必然會受到某種程度上的影響，但這不代表我們一定會成為邪惡的罪犯或恐怖份子。也可以說我們像是帶原者，有機會造成傳染或病毒變異，自己卻不一定有明顯病徵。」李歐說。

「原來是這樣啊。所以，教廷再度開始獵殺七原罪了是嗎？」母親緊張地問。

「梅蘭妮，目前教廷並沒有針對獵巫行動捲土重來的政策，這一點我已經親自和梵蒂岡確認過了。」李歐說。

「你真有趣，教廷當然不會承認啊，難不成梵蒂岡要很高興的舉手答『有』嗎？」朱利安說。

「但是！無法排除有教義極端的基督教旁支分系私底下執行獵巫任務，或其他人假冒教廷名義解決私人恩怨。」李歐強調。

「啥？」我倏地抬頭，李歐暗示卡莉和人結怨引發殺機的話惹毛了我。「你根本搞不清楚狀況，朱利安早就請人牽線和教廷高層談判了。你扯什麼私人恩怨哪？照你這樣說，討厭卡莉養的貓的鄰居、和被我擠出音樂學院名額的學生，通通都有嫌疑囉！說不定兇手就是你本人，不然你大可以直接告訴我你是誰，而不是跟在我後面追著跑！」

「關於這一點我要特別澄清，我從來沒有追著妳跑，我去瓜納華托是為了查案，至於在台北急著跟上妳只是想和妳談談。」李歐雙手一攤。

「簡直是鬼扯！」我氣呼呼的翻了個白眼。

「阿娣麗娜！不可以沒禮貌！」母親斥責。

「媽，妳不會真的相信他吧？」我瞪大眼睛，「朱利安？尼可拉斯？」

朱利安沉吟道：「我暫且無法接受七原罪的概念，但我們應該先把這件事擱在腦後，目前最重要的，就是不要再有人員傷亡。」

「我同意。」李歐說。

一陣蹬著高跟鞋的輕快腳步中斷了書房裡的談話，有人上樓了。

「朱利安，你有客人？」母親問。

朱利安不悅地說：「除了生蠔和龍蝦，今天所有來敲門的都不在賓客名單上。」

最先出現的是那頭挑染了紫色的紅色短髮，接著是盈滿笑意的綠色眸子，但亮紅色的口紅和搖曳生姿的大貝殼耳環都不及女子的服裝來得搶眼。說服裝其實太正式了，那充其量只是兩塊長得像馬甲和迷你裙的少量紅色布料，年約二十歲的女子身材細瘦，卻有不成比例的豐滿胸脯，兩塊不受約束的軟肉隨著步伐呼之欲出。她像是一隻色彩斑斕的獅子魚。有毒。

對照跟在她身後、淡然提著行李的艾德溫管家，女子像是攪亂了書房裡一池靜水，尼可拉斯最先將目光移開，朱利安的神情中隱隱透著難堪，母親瞪著她那身行頭，毫不掩飾臉上的不以為然，李歐則饒富興味的從頭到腳將她打量一番。

「嗨，尼可拉斯。」短髮女子走近，彎腰，伸手作勢要捏尼可拉斯的鼻子。

尼可拉斯閃開臉皺眉道：「走開，妳聞起來像魚攤子。」

「那誰是貪吃的貓兒啊？」女子嬌笑，蹬著三吋鞋跟從我們和李歐之間走過。

「嗨，希妲。」朱利安和她打招呼，眼睛卻看著書櫃。

「各位好。」她頭也不回的擺擺手，逕自走向鋼琴，接著單手拉出琴椅，發出一連串刺耳噪音，「聽說大家要開會，可是我一直沒收到邀請函，打電話也沒人理，只好不請自來了，應該不會有人介意吧？」她坐下，挺胸，雙肘向後靠在琴蓋上。

原來她就是希妲。很好，先是和我男朋友調情，後是粗暴對待琴椅，我以前不認識她，以後也不會喜歡她。

「這樣好，都到齊了。」李歐愉快地說。語畢，朱利安便奇怪的瞄了李歐一眼。

艾德溫管家走近沙發，問道：「老爺，請問要如何安排希妲小姐？」

「我睡三樓就可以了。」希妲迅速說道。

三樓？希妲的一句話彷彿五雷轟頂，震得我腦筋一片空白。我抬起下巴，向尼可拉斯投以詢問的目光，他卻別開頭裝作沒看到。尼可拉斯的閃躲，更加深了我的疑惑。

「可惜我不知道妳要來，現在家裡已經住不下了。艾德溫管家，麻煩你問問看鎮上的旅館還有沒有空房？」朱利安說。

「不用這麼麻煩啦，天氣不好，我的車開到半路就拋錨了，幸好遇到一位住附近的好心先生，他專程送我過來、還承諾會把我的車拖去他家修理，而且啊，他甚至邀請我晚上留宿他家呢。」希妲撥了撥頭髮說。

「那我先把行李放在樓下，順便給希妲小姐泡一杯茶。」管家說著便要退出書房。

「要花果茶，別忘了我只喝有機的喔！」希妲喊。

「希妲，妳剛剛說的好心先生是老查嗎？」朱利安問。

「好像是這個名字吧。」希妲搖著腳，「大家繼續啊，剛剛談到哪兒啦？」

我又看了尼可拉斯一眼，他正面無表情的瞪著地板。

觀察希妲對待管家的態度，似是翡翠湖小屋的常客，而她和尼可拉斯說話的方式，則像極了拌嘴的舊情人。我悶悶不樂的端起杯子泯了一口，茶已經涼了，唉，怎麼這名貴的大紅袍嚐起來如此苦澀……

待我回神，李歐已經站了起來，話正說到一半：「……兇手的身份已經查出來了，他是綽號鯨鯊的墨西哥人，有毒品和殺人前科，四個月前才剛出獄。鯨鯊的戶頭一直有來自境外銀行的匯款，他沒有正當工作也沒有中樂透，所以那些八成是付來殺人滅口的骯髒錢。既然幕後還有主謀，那麼，在找到真兇前，建議各位注意居家安全、沒事不要亂跑。」

「我不可能為了警方抓不到人，就躲起來什麼事也不做。」朱利安嗤之以鼻。

「光是上週，鯨鯊的戶頭就收到單筆六十萬美金的匯款，知道這代表什麼嗎？這表示背後主謀財力雄厚！願意為了六十萬美金殺人跑路的道上兄弟隨便抓就一大把，死了一個鯨鯊，還會有其他殺手前仆後繼而來。怎麼，你們一個人有多少好運？又有幾條命啊？」李歐的手拂過書櫃。

母親慌張的抓住我的手：「李歐，阿娣麗娜和尼可拉斯見過鯨鯊、還挖出一些內幕，能不能安排他們加入證人保護計畫？」

「我在這裡呢，是以朋友的身份跟你們說話。目前警方並沒有將幾個案件視作連續殺人案，自然也就沒有證人保護計畫的打算。」李歐說。

「噢，天哪！」母親驚呼。

「那麼，警方不認為四起命案全都是鯨鯊一個人幹的嗎？」朱利安問。

「其他幾件案子的細節恕無可奉告。我只能提醒各位，在犯案動機尚未明朗前，切記提防任何可疑人物。」李歐說。

「動機怎麼會不明朗呢？對方擺明是衝著法器來的。」尼可拉斯開口了。

「法器？怎麼說？」李歐狐疑的看了尼可拉斯一眼。

「鯨鯊拷問海柔就是為了逼她說出法器的秘密。」尼可拉斯答。

「鯨鯊身上並沒有找到法器。」李歐說。

「怎麼可能？鯨鯊逼海柔交出魔鏡，還要她當場示範，所以海柔才……才把自己變成那副樣子的。我和尼可拉斯都在場啊！」我說。

「可以變化外型的魔鏡哪？」李歐搓了搓下巴，「法醫報告中海柔死亡的主因是心臟衰竭，至於為什麼看起來比實際年齡蒼老嘛，至今成謎。」

「會不會還被藏在結婚教堂裡的某處？」我問。

「不可能，現場都檢查過了。」李歐說。

這時，艾德溫管家端了希妲的茶來，又把我們的空杯收走。

「也太奇怪了吧！」我轉頭尋求尼可拉斯的支持，他卻在一室惱人的酸甜茶味兒中陷入沉思。

「另一個可能性，就是海柔的魔鏡被鯨鯊的同謀取走了，你們三個同時被綁架，表示對方也有三個人。之前警方不知道被害人的法器失蹤，當然，警察也不可能知道有法器啦，所以你們倒是為我提供了一條有利線索。謝啦。」說著，李歐便從口袋取出一本筆記，「另外我還想請各位提供一些資訊、幫助釐清案情，請大家務必配合。我想請教各位在以下幾個日期人在哪裡——」

「為什麼要我們提供不在場證明？」朱利安打斷他。

「——我只是要幫各位排除嫌疑。」李歐說。

「排除嫌疑不過是證明清白的另一種說法而已，難道警方辦案就是優先將受害者當作嫌疑犯？」朱利安冷笑。

李歐闔上筆記，肅穆的眼神在書房裡掃視：「希望各位能理解，我們必須將內神通外鬼的可能性列入考慮。卡莉喪命的聖母大教堂並沒有被強行破壞進入的痕跡，鯨鯊身高一百八十公分，卡莉身高一百七十四公分，如果卡莉是被迷昏後扛進去的，鯨鯊要帶繩索木炭等器具、又要扛卡莉，他會需要一個幫手。如果卡莉是自己走進去的，那麼教堂當然也不會有強行入侵的痕跡，這就表示，卡莉和兇手認識，所以願意跟著他走。」

李歐懷疑自己人的說法猶如一道疾風，將所有人剩餘的理智刮下。

我一一端詳在場每個人，母親？不可能，精心策劃謀殺對她的智商來說太高難度了。朱利安？也不可能，看他維護我們的模樣，一如捍衛家園的領頭狼。尼可拉斯更不可能，我瞭解他。至於希妲，若能掌握任何蛛絲馬跡，我倒是很樂意舉報她。

「據說兇手會一再回到犯案現場，那你的嫌疑是不是最大啊？或許我們也應該要懷疑你查案的動機？」希妲將茶杯放在琴蓋上，欣賞著指尖豔紅的指甲油道。

「很多兇殺案的兇手和被害人都認識，克勞德一案也有相同的狀況，他們一家人喪命的教堂也沒有強行侵入的跡象。」李歐瞪著她說。

「一家人？」母親倒吸一口氣，將我的手握得更緊。

「克勞德和萊斯莉，還有一對十三歲的雙胞胎，我認識他們一家人許多年了，最後一次見面卻是在案發現場。」李歐的眼神黯了下來，「奧利佛是男孩、潔絲敏是女孩，我還教過他們踢足球。」

「連小孩子也慘遭毒手？」母親泫然欲泣。

冷言冷語頓時噤聲。

早夭的孩子、吊死的卡莉、嚴刑凌辱至死的海柔，諸多人生斷送在不該結束的路口。每個人都是某個人的親朋好友，他們是我們的一份子！

我捏捏母親的手，主動說道：「我和我媽整個十一月都待在台灣公演。」

「好。」李歐翻開筆記提筆記錄。

「我人在澳洲，在youtube上觀賞我游泳影片的三萬人都可以替我做不在場證明。點閱率還在持續攀升喔。歡迎你也上網去看看，我可是有在健身。」希妲紅唇輕啟，邊以指腹摩擦著耳環的紋理。

「我和艾德溫管家這個月都待在加拿大，除了到拉斯維加斯接阿娣麗娜和尼可拉斯外，期間只去過一趟洛杉磯開會，你想的話可以查核出入境資料。」朱利安說。

「尼可拉斯呢？」李歐問。

「他在家。」朱利安答。

「喔？有人可以證明嗎？」李歐邊寫邊抬眼問。

「這是什麼意思？在家還得要有人證明嗎？」朱利安板起臉，「兇案是發生在其他國家，你自己也說了翡翠湖小屋交通不便，只要尼可拉斯確定沒有離開加拿大不就好了嗎？」

「沒關係，我能夠回答這個問題。我幾乎每天都會去我的朋友老查家。」尼可拉斯說。

「24小時都在他家嗎？」李歐停止抄寫動作，抬起頭來。

「倒也不是……」尼可拉斯說。

「所以你有可能不在家、也不在你朋友家。你們家有停機坪，聽說你會開飛機？」李歐轉著手上的筆，問道。

「夠了！」朱利安一掌重擊沙發，「你現在是指控我兒子是兇手嗎？」

李歐放下筆，挺胸迎向朱利安憤怒的目光，「不過是固定程序的詢問而已。」

朱利安終於從沙發上起身，厲聲道：「我們回答的已經夠多了！我有責任保護這屋子裡的每個人，如果你沒有申請搜查證，就麻煩請回吧！」

A BIG: THREE-MASTED: SHIP:
LAY: CLOSE: BY:

美人魚（Den lille havfrue）

美人魚望著姊妹交給她的匕首落淚，她可以選擇將匕首刺進愛人的心臟，以其鮮血塗抹雙腳，換取回到大海裡故鄉的尾巴。

結果她做了另一種選擇。太陽升起時，美人魚落入水中，化作海面上千萬顆閃爍的泡沫。

第十章

當尼可拉斯躡手躡腳的走下樓梯時，我正從門縫向外偷看。

一切皆起因於空氣。

陽光、空氣、水，是人類賴以維生的三大要素。翡翠湖小屋座落於洛磯山脈的翡翠湖畔，依山傍水風景秀麗，美不勝收尤以夏天為最。豔陽高照時，近觀湖底冰磯岩染出一池翡翠綠的湖水，遠眺蒼鬱山脈和皚皚稜線，新鮮空氣、和煦陽光與澄澈水源盡備。

即將入冬的洛磯山脈又是另外一幅景象，細雪灑落如蛋糕上的糖粉，翡翠湖畔也確實如置於冰櫃中的糕點，冰涼而脆弱，地面濕滑、湖面則凍出一層薄冰，若遇冷鋒來襲，便像拿把叉子翻攪過的蛋糕，美味不減可惜賣相不佳。現在就是這種情形。

出不了門，不單是因為顧慮幕後主謀尚未現身，屋外夾雜冰雪的滂沱大雨亦讓泥濘路面寸步難行。若非不速之客大駕光臨，原本這種少了陽光湖水的日子也堪稱愜意，而李歐和希妲就像兩枚原子彈，甫開口就是煙硝味，轉身便揚起輻射塵，從那時候我便意識到連僅存的清新空氣都被毀了。

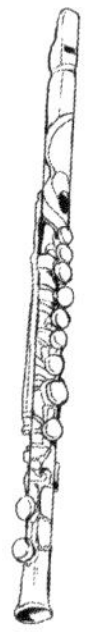

希妲搭乘李歐的便車離開前，正好遇上快遞將訂購的海鮮送達，朱利安客氣地留她吃飯，「親愛的，虎毒不食子哪！」她披上毛皮大衣前拋下一個微笑。

就這樣，儘管艾德溫管家烹煮了豐盛的晚餐，大家似乎都胃口盡失。龍蝦清湯、海鮮果醋沙拉、塔塔醬墨魚圈、香煎蒜片鱈魚、蔬菜鮭魚凍，樣樣腥鹹、樣樣都有海柔的味道。晚餐在低迷氣氛中結束，尼可拉斯才喝完湯就離席了，連健談的朱利安也罕見地沉默。

指針剛過十點，屋外依然狂風驟雨，屋內已是一片沉寂。我躺在床上瞪視天花板，想把和尼可拉斯之間的那道牆給看穿，卻只感到無垠的白色羅織成一張向下拉的網。

唉，一想到希妲暗示與尼可拉斯的關係非比尋常，就令我心生不快。她說可以睡在三樓，到底是什麼意思啊？

我的胸壓驟升、心臟悶痛，像是溺水般頭暈目眩，空氣無法正常灌入我狹隘的心胸，供氧似乎怎麼樣都不夠。我沒辦法呼吸，不管了，我一定要上樓找尼可拉斯問個清楚。

我偷偷摸摸將門開了條縫隙，就在此時，看見那道鬼祟下樓的人影。

尼可拉斯握著一支小型手電筒，身上仍穿著稍早時的那套白色棉麻休閒服，正側身彎過二樓走向一樓，看著他的黑髮消失在朦朧的夜裡，我迅速返回房間加了件外套，讓房門掩著便跟下樓去。我就知道他有秘密！

我貼著起居室樓梯邊的牆，聽見地下室的門把傳來細微的轉動聲音，尼可拉斯去地下室幹嘛？我匆匆溜過起居室的地毯，正好見到引路的光點如幽冥鬼火撲向地下室的轉角，尼可拉斯的身影再度竄入黑暗中。

我扶著樓梯側牆慢慢向下走，地下室的通風良好，更深的幽暗與刺骨涼意迎面而來，我單薄的睡衣下已經起滿雞皮疙瘩，就連小屋改建前的那幾個炎炎夏日，我和尼可拉斯都沒有到地下室探險過，聽說樓下只有酒窖、儲藏室、安全室和傭人房。我抵達最後一層階梯，迎接我的依然只有滿室漆黑，連一盞夜燈都沒有。

地下室裡沒有動靜、沒有尼可拉斯，伸手不見五指，徒有一片死寂。我瞇起眼睛四處張望，卻只能察覺自己的呼吸聲，冷颼颼的漆黑令我頭皮發麻，我躊躇著不知該不該繼續向前，畢竟我可不想誤闖艾德溫管家的香閨，他的死人臉可比鬼火還要令人膽寒。

也罷，當我返身準備上樓時，一簇刺眼的光束忽然像探照燈般攫住我的瞳孔。我下意識以手遮臉，心跳瞬間停了半拍。

「妳在幹嘛？」尼可拉斯出現，他將手電筒上舉，光束於是朝天花板散開。

「呼，嚇死我了！我才想問你在幹嘛呢？」我一手撫胸。

「睡不著，四處走走。」他說。

「睡不著到地下室散步？」我斜眼睨他，「你還沒換睡衣，那就是還沒有要睡覺的意思，都那麼晚了，你到底在心煩什麼？」

「沒什麼，走，我送妳回房間去。」他輕推我的肩。

「不要，除非你先說說看，你和那個馬里亞納海溝是怎麼一回事？為什麼整晚躲著我？」我嘟著嘴說。

「什麼海溝？」

「就是那個大胸希妲啊！」我用手比出捧著兩粒西瓜的動作。

「我跟她一點關係也沒有。」

「那她為什麼說晚上要去三樓睡？」

他抓抓頭，嘆口氣道：「這有點難解釋，總有一天我會說清楚的，現在，妳只要相信我和她真的沒什麼。好嗎？」

「『現在』沒有關係？」

「『現在』沒有、『以前』也沒有。」

我盯著他半晌，雙手插胸道：「好吧，那你先告訴我，這麼晚了你下樓幹嘛？」

尼可拉斯啞然失笑：「真是拗不過妳，好吧，其實我一整個晚上都在想李歐說的話。」他在樓梯的最後一階坐下。

我和他並肩而坐，氣呼呼的說：「喔唷，什麼七原罪嘛，肯定是李歐瞎掰的，搞不好他就是真兇，所以故意放話模糊焦點。」

他微笑，摸摸我的頭：「別對李歐心懷成見，我倒覺得七原罪的說法有可信之處。妳想想，傲慢、妒忌、憤怒、懶惰、貪婪、暴食及色慾，的確和七個童話故事有點關係。白雪公主故事中，後母妒忌公主的美貌，現實生活中，海柔也因為妒忌有錢人的物質享受，所以甘願作人家的情婦。所以我猜海柔是妒忌。」

「那卡莉呢？睡美人又代表什麼？」我撐著下巴問。

「憤怒。女巫因為沒有受邀參加公主的慶生會而感到憤怒，所以詛咒公主被紡錘刺傷並陷入沉睡。瓜納華托的乞丐婆說公主會去找尋失落的紡錘、拯救還在睡夢中的子民，卡莉八成是受了某人以法器做要脅的激將法，一怒之下才會從法國飛到墨西哥。」他說。

「咦？我還不知道你是童話專家呢！」我以肩膀輕輕撞了他一下。「那我是什麼呢？吹笛人的故事最後，鎮長不願意付出當初說好的賞金，所以吹笛人趁著深夜把整個小鎮的兒童都拐走了。所以我是見錢眼開的貪婪嗎？」

「扣掉暴食、憤怒和妒忌，還剩下傲慢、懶惰、貪婪與色慾。或許也可能是鎮民的懶惰或鎮長的傲慢？另外，我也想不透鐵匠代表什麼原罪？」他說。

「不解風情吧。」我嘟噥。

他抿著笑意道：「我爸在地下室裡有間工作室，我想去找找看有沒有祖先留下的關於原罪說法的蛛絲馬跡。」

「我也去。」我的手在黑暗中找到尼可拉斯的手。

尼可拉斯走在前方，視線隨著手電筒的光點移動。「我們在儲藏室，這裡是起居室正下方，溫室下方是安全室和艾德溫管家的房間，餐廳下方就是工作室了，所以要往那邊走。」

我們向右轉，穿過一排排高聳的食物櫃、好幾座逸出寒氣的大冰櫃和整列放滿酒瓶的酒櫃，依翡翠湖小屋的食物存量，足夠我們吃上個把月了。儲藏室裡雖冷，但尼可拉斯就像夜裡綻放光芒的螢火蟲，他溫暖的大手牽著我，暖流自指尖流向心頭，幫我由裡而外驅走了寒意。

這時眼前出現了一扇門。

尼可拉斯蹲下，下巴和肩膀夾住手電筒，他從身上掏出一支迴紋針，將之拉成一根鐵絲探入門鎖，動作熟練靈巧。

「看來老查真的教了你不少東西哩。」我邊把風邊說。

說把風實在太高估我了，少了手電筒的照明後，眼睛根本難以適應黑暗，任何風吹草動都足以令我如驚弓之鳥。忽然，管家房裡似乎傳來動靜，我緊張地拍拍尼可拉斯的肩，他正好成功撬開房門，於是我們迅速閃入工作室、把門關上。

「呼，好驚險，我真不是做賊的料。」我喘著大氣。

「幸好這道門只是普通的喇叭鎖，我爸和管家都有鑰匙，但撬開鎖比偷鑰匙快得多。」他解下脖子上的圍巾塞在門下，順利找到電燈開關。

燈亮起，頓時光明大放。

工作室的正中央擺了一張調色盤形狀的紅色大桌子，四周圍繞白色的家具與黑色的牆壁，裝潢就像其主人一樣品味獨到、充滿個性。書桌上一塵不染、檔案夾井然有序，靠牆的櫃子陳列了數座建築物模型，每一幢都宛如世上最精緻高檔的娃娃屋。

尼可拉斯率先檢查起嵌在牆上的層層書架，他仔細翻閱每一本書的每一頁，還捏著書背晃動，期望能有某張寫著答案的紙片落下，可惜每一個翻頁發出的窸窣聲，都如希望的青鳥振翅遠去。

建築相關書籍引不起我的興趣，私人電腦我又不敢開機，只好百般聊賴的四處閒晃。我走向文具櫃，順手拿起圈圈版把玩，朱利安以幾個造型簡潔的匣子替文具分類，色鉛筆一盒、麥克筆一盒，另外還有些三角版、量角器之類的東西。

這時，鋪在鉛筆盒下方的布料引起我的注意，那塊露出一角的布料十分眼熟，我靠過去，將鉛筆一枝枝取出來，意外發現鉛筆盒裡藏了東西。裹著物品的琥珀色布料剛好卡在筆盒底部，我以手指戳了戳，觸感讓形狀逐漸在腦海中成形。

我感到呼吸困難，決定將布料打開來證實我的揣測。

筆盒倒扣，暗藏在內的物品落入我的掌心，我緩緩將布料掀起一角，頓時心頭一緊，那是古銅色的鏡柄……

「尼可拉斯！」我以氣音急喚他。

「幹嘛？」他轉身，手上還捧著一本書。

「你看！」我將魔鏡和布分開，兩手各持一樣。「李歐不是說犯罪現場沒找到海柔的魔鏡嗎？」

他大吃一驚：「怎麼會在這裡？」我聳肩。

他將手上的書隨意擱置架上後走到我身旁，兩人望著魔鏡好一會兒相視無語。魔鏡在手中沉甸甸的，鏡面依然模糊不清，很難不去想上一個使用它的人，是把它當作安樂死的自殺工具。

「你剛剛說，艾德溫管家和朱利安都有工作室的鑰匙是吧？」我小心翼翼問道，「管家會不會是內賊？或是別人故意放在這裡，想要栽贓朱利安？」

尼可拉斯沒有回答，只是瞪著魔鏡發愣。

我的心情也十分複雜，無論是誰從大鬍子手上盜走魔鏡，既然東西被藏在屋裡，就和屋主脫不了干係。尼可拉斯和朱利安才剛重修舊好，他們的親情能否熬過警方的質疑？

「雙手舉起來！」一個女人厲聲道。

我先是聽到上膛的聲音，然後才看見瞄準我們的槍管，最後是拿著槍的希妲。希妲站在敞開的門邊，赤裸的雙腳沾滿泥濘，濕漉漉的坍塌短髮像是剛淋過一場雨，一側耳環不見了，撕裂的耳垂淌著血滴。她的妝容雖被雨水洗去大半，向上勾起的薄唇依舊冷酷無情。

「是妳？」我驚叫。

她舉槍走來一把搶過魔鏡，先是親了親鏡面、隨即塞入胸前的馬甲，繼而以槍口推了尼可拉斯一下，「你去站在她旁邊！」

尼可拉斯與我高舉雙手並排站立，我懷疑自己怎麼沒早點嗅到那股濃濃的海水味和魚味？現在又混合了受傷耳朵的血腥味，聞起來更像開腸破肚的死魚。

「妳就是內賊？為什麼？」我問。

希妲聽了哈哈大笑，「或許妳該問的是，為什麼不？」

「聽不懂妳鬼扯什麼。」我悶哼。

「你們不懂的事情還多著咧！」希妲張口含住手指，雙眼迷濛望著尼可拉斯，放蕩地笑道，「尼可拉斯寶貝，你持續健身的效果真不錯哩，我一直很好奇你堅實的小屁股拍起來會是什麼聲音？」

尼可拉斯表情嫌惡地撇開頭。

希妲以手撫摸胸部，一路沿著曲線往下滑。「可惜哪！我本來有很多東西可以教你，人魚的柔軟度你絕對難以想像——」

「下流！」他罵道。

她的笑容消失，手槍的準心在兩個目標之間游移，「現在求著我要學、也來不及囉。跪下！」

我心亂如麻，萬萬沒想到會被自己人暗算，只好慢吞吞的跪了下來，無眼的子彈可怕，但我更畏懼希妲以尼可拉斯的生命作要脅。

「別動！」一聲喝阻瞬間滅了希妲的囂張氣焰。

希妲背後給人頂著，一臉訝異，她舉雙手投降，手槍倒掛在食指上。

「妳傷害他們，老爺會非常非常不高興的！」老邁的聲音來自艾德溫管家。

「有話好商量，你也不想在這屋子裡濺血吧？」希妲討好地說。

「確實不想。」管家板著臉說。

「那我們一起上樓，我會向朱利安認錯，」她慢慢轉身，「拜託……」

希妲側過身子，我們同時發現管家手上所謂的武器根本只是一隻冷凍的龍蝦，瞬間槍管在空中劃過一道弧線、轉而瞄向手無寸鐵的老人。

白髮蒼蒼的人影倏地向前撲身奪槍，兩人扭打在一起。尼可拉斯曾說過艾德溫管家是他練習武術的好對手，雖然管家年事已高，但他畢竟是比起希妲高壯許多的男人，應是穩操勝券。

不料希妲卻像尾滑溜的泥鰍，她善用身材纖細的優勢，輕鬆從管家的擒拿裡逃脫，旋身後一個舉腿、膝蓋便往管家的腹部招呼，管家頓時弓起背唉了一聲。

管家的劣勢只維持不到一秒光景，隨即再度和希妲纏鬥起來。兩個人、四隻手搶著一把槍，希妲採取不停以手肘、膝蓋關節攻擊對方的攻勢，倒也拖了好一陣子。難分難解之間，尼可拉斯起身向前，打算尋找介入的空隙。

忽然，糾纏不休的兩人之間傳出悶響。

碰、碰、碰！扭動的人影靜止下來。

碰、碰、碰！較大的人影癱軟在較小的人影身上，將她壓倒在地。

「艾德溫管家！」尼可拉斯失聲慘叫。

艾德溫管家痛苦地咳了幾聲，繼而勉強抬頭道：「少爺，對不起。」

他明明是對著尼可拉斯說，眼裡卻盡是渙散與空洞，最後，他的脖子再也撐不住生命的重量。

槍掉在地上，希妲掙扎著推開壓在身上的屍體，當她坐起身來，忽地從懷裡摸出了一把亮晃晃的匕首。

尼可拉斯強忍悲痛，大喊：「阿娣麗娜去找幫手！左輪只有六發！」便向希妲衝去。

我拔腿跑出工作室，剛轉彎就一頭撞上酒櫃，發出轟然巨響。我忍痛放慢腳步，憑著來時記憶摸黑找到階梯，又一路跌跌撞撞爬上樓、來到母親房外，瘋狂的拍打房門。

「媽！快醒醒！」我使盡力氣把門敲得像雷擊。

母親睡眼惺忪的應門，「幹嘛？」

「妳去叫醒朱利安！我去報警！希妲在地下室槍殺管家，現在和尼可拉斯打起來了！」我急吼。

「啊？」

「照我說的去做就對了！」我把她推向樓梯，她這才一臉慌張的往樓上跑。

我衝進房裡拿起手機報警，腦筋卻一片空白，加拿大也是撥911嗎？我顫抖著按下撥號鍵，這才發現手機沒有訊號，還有電力卻沒有收訊？我忍不住咒罵起天氣來。

樓上傳來撞擊與玻璃破碎的聲音，刺耳有如催魂喪鐘，我即刻轉身離開，突然瞥見放在桌上的祖傳樂器盒，我順手將樂器盒一把抄起，既然不會拳腳功夫也不會耍刀弄槍，或許法器能在地下室裡如火如荼的械鬥中派上用場。

我跑進書房時，朱利安和母親正如一陣風似的從三樓快步下樓，手持金斧的朱利安外罩一件黑色綁帶睡袍，睡袍下擺在他縱身躍下樓梯時向上翻起，來勢洶洶有如一名戰士。身穿小花睡衣的母親則彆扭的提著一把彎刀，不難看出剛才的噪音必然是兩人打破了武器陳列櫃。

此時屋子警鈴大作。

「是紅外線偵測！」朱利安開始用跑的，我和母親跟在他身後，甫到一樓，又再度聽見槍響。這次是大門口！

負責偵防戶外的紅外線警報器傳來尖銳咆哮，只見樹影交疊的前庭中，一個野人拼命對著大門的智慧型門鎖開槍，警鈴與槍響夾雜著風聲雨聲，朱利安緊握斧頭，母親則不由得以手摀住耳朵。

持槍野人向後倒退一步，接著便向前衝撞大門，他破門而入、踉蹌跌入玄關，然後向警報器補了一槍，警鈴終於安靜下來。

緊急照明設備亮起。

「小心……小心……」李歐跌坐地板上，渾身凍得發紫，手槍自顫抖的手上滑落。

母親扔下彎刀、擠過朱利安跑上前去，她一把扯來沙發上的長毛蓋毯，將李歐像嬰兒般裹了起來，問道：「發生什麼事了？」

抖個不停的李歐咕噥了一串沒人聽懂的話，他濕淋淋的頭髮結上一縷縷薄霜，臉上沾滿爛泥，像是條髒兮兮的流浪狗。若說希妲是淋了雨的落湯雞，那李歐就是掉進化糞池裡的落水狗。

「一定是希妲幹的！她和尼可拉斯還在樓下！」我急忙吼道。

「我現在下去！」朱利安霍地轉身，斧口金光一閃。

狂風捲入室內，落葉、雪花和水滴在空中迴旋漫舞，卻沖不散一股愈來愈濃的魚腥味，這回我聞得很清楚了。

「不必！我們自己上來啦。」希妲以匕首抵住尼可拉斯的頸動脈，從樓梯口步入起居室內，和朱利安正面對峙。

「幹！妳這是做什麼？」朱利安震怒道。

「也沒什麼，不過就是想給自己討個公道而已。我跟了你那麼多年，幫你做了多少黑心事，結果你和老相好一起窩在度假小屋裡，開會竟然敢不告訴我？要不是李歐通知我了，我還傻傻的待在澳洲呢！」希妲揚起下巴，眼裡閃爍著憤怒與受傷。「幸好我游過太平洋只要花一天時間。」

「什麼？」我恍然大悟，原來希妲和朱利安有一腿，難怪她說自己可以睡在三樓！

「對，就是這女人介入我父母的婚姻。」尼可拉斯咬牙道。

「和希妲搞外遇？那女孩看起來只比兩個孩子大一兩歲耶！朱利安？」母親瞠目結舌。

「事情不是你們想像的那樣，而且希妲不年輕了，只是她的法器可以延緩老化。」朱利安說。

「你這個騙子，你不是說沒有和名單上其他人聯絡？」我朝著朱利安的後腦杓叫。

朱利安僵硬的站在原地，沒有回答。

「梅蘭妮，希妲和我搶方向盤，故意讓車子開進舍布魯克湖！」李歐打著哆嗦想站起身，凍僵的身子卻不聽使喚。「在我破壞大門進來前，希妲是怎麼進來的？她只有頭髮濕，表示她不像我是一路淋雨走回小屋，這屋子裡是不是有密道通往樹林？倘若她知道密道、又知道魔鏡藏在屋子裡，表示朱利安和她確有姦情，而且兩人是同謀！」

「你們通通閉嘴！」希妲從後方拉緊尼可拉斯的衣領，活像叼著牲口的母獅。「朱利安，看你是要這不成材的兒子，還是以我們兩個強大的血統再生幾個？想清楚再回答，我的法器可一點都不介意割破這小子的咽喉。」

「希妲，冷靜點！有話好商量。」朱利安慢慢放下金斧，平舉雙手緩緩靠近她。

此時某人的手機響了。

「是保全。」朱利安停步，語氣平和的向希妲解釋，「我必須先向他們回報是警報器故障，他們才不會派警察來。」

希妲焦躁的目光陸續掃過講電話的朱利安、站在樓梯邊的我和蹲踞玄關的母親與李歐，確認唯一足以構成威脅的只有她的情人後，自信的笑了笑。

朱利安掛上電話，希妲換上懇求的態度道：「朱利安，我們不可能留他一命的，尼可拉斯已經找到魔鏡了。」

最後一句話像是一道厚重的標靶，緊緊鉗住了朱利安的肩膀，他背脊一凜，眾人責難的目光隨之化作利箭，通通射向那自詡為保護者與一家之主的男子身上。

「爸，魔鏡是你藏在工作室裡的？」尼可拉斯不敢置信地問。

「親愛的，我們可以生養很多很多的孩子，結合了樵夫和人魚的血統，會是世界上最強悍的人種。我是半條魚哪，魚的孕期很短，想生多少有多少！」希妲柔聲勸著，眨眼間又冷漠地說，「只是，這些人都得死！」

「妳先放開尼可拉斯！艾德溫管家都告訴我了，妳色誘他幫妳殺害克勞德和海柔，圖謀其他人法器的威力。」朱利安喝叱。

「你說什麼？」希妲一愣，聲音裡滿是心碎。

霎時，金斧自朱利安手裡飛向空中、轉圈再轉圈，而後精準的落在希妲持匕首的右臂上，希妲痛得縮手，匕首瞬間掉到地上。

尼可拉斯見狀拔腿就跑，他躍過沙發翻身滾到我身邊，我立刻擁住他。

「朱利安？」希妲眼裡溢滿淚水，將傷臂捧在心窩前。

「呸！妳他媽的就是條該死的冷血的魚！」朱利安啐道。

希妲頹然坐在地上，凝望朱利安的眼光與淚水齊落下，她的視線找到落在一旁的匕首，左手掌先是鬆開傷臂、卻又緊緊地握上，她低頭無聲啜泣，瘦弱的肩膀與紅髮如屋外寒風中的枝椏抖動不停。

「我不知道魔鏡在工作室裡。」朱利安走向李歐與母親，「希妲只是我一時縱情聲色的錯誤。」他從地板上拾起李歐的槍，「希妲夥同艾德溫管家謀殺其他人的事我沒有參與，他們利用這房子來藏贓物我也完全不知情。」朱利安轉身，槍口指向希妲，「要我在肉欲和家人之間作選擇，答案就是這個！」

朱利安扣下扳機，毫不猶豫，第一次是子彈飛射的聲音，第二次則是子彈用罄的聲音。

伴隨著希妲倒臥血泊的殘影，母親尖叫：「為什麼不等警察來？我們有槍，希妲只有一把匕首而已！」

「梅蘭妮，希妲不是妳想像中的弱女子，她學自由搏擊十五年了，格鬥技巧足以輕鬆撂倒我或在場任何一個人。我不殺她，大家都有危險。」朱利安放下槍管。

母親跌坐在地，「現在怎麼辦？」

朱利安向大家宣布：「我會聯絡我的警察朋友過來處理，這件事最好不要聲張，免得那些扒糞的媒體聞風而至。」

「也只好這樣了。」母親說。

「等等……」尼可拉斯掙脫我的擁抱，站起身來。

我抬頭看他，發現他臉上有種摻雜了羞愧與氣憤的複雜神情。

「同時綁架海柔、阿娣麗娜和我需要三個人，而希妲說她昨天才從澳洲一路游過來。」尼可拉斯沉痛的問。「爸，你才是主謀，對不對？」

「當然不是！是希妲勾結艾德溫管家幹的！」朱利安憤而將手槍擲出，匡噹一聲砸到立於角落的盔甲上。

盔甲的響聲彷彿一記當頭棒喝，敲得我頓時清醒。這一切全都是策劃好的！舒適的房間、可口的食物、高檔的音響設備……朱利安提供的不是保護傘，這是軟禁！加強保全也不是為了避免外面的人跑進來，而是防止裡面的人溜出去！

「不對，是你！」我霍然起身，摀著嘴驚叫：「單方面宣稱獵巫行動開始了的人就是你，我媽說你一直用衛星定位掌握尼可拉斯的行蹤，李歐說卡莉是被認識的人騙去墨西哥的，從頭到尾把大家耍得團團轉的就是你！」

「同夥有四人，光是克勞德一案的現場就推估有三人參與犯案，那時鯨鯊還沒有加入，是阿娣麗娜和尼可拉斯攬和進來以後，你才花錢雇用他的。」李歐說。

「是這樣嗎？所以你在婚禮教堂要殺鯨鯊滅口？你還親自殺了卡莉和克勞德一家？」尼可拉斯向前一步，「兩個年幼的孩子？你怎麼下的了手？」

「我沒有。」朱利安否認。

「不是你，那就是你的姘頭了？或是跟在你身旁的老頭？」李歐恨恨地問。

尼可拉斯膝蓋一軟跪了下來，這就是艾德溫管家留下那句遺言的原因，他不是為自己的驟然離世道歉，是為別人的。

朱利安兀自聳立起居室正中央，瞇起眼睛環顧室內的破敗凌亂，他冷酷俊美的輪廓在緊急照明的晦暗紅光下令人不寒而慄。冷風持續灌進屋內，令他黑色睡袍下擺揚起如惡魔展翅，窗外樹影搖曳則似群魔亂舞，在暴雨中吶喊鼓譟。

「為什麼？朱利安，為什麼？」母親哽咽。

我也不懂。

朱利安是享譽國際的知名天才建築師，喝最上乘的酒、抽最名貴的雪茄，有錢有勢又有品味，事業還持續攀上更高峰。他什麼都不缺，究竟圖的是什麼？

「永生。」尼可拉斯垂下頭，「希妲的匕首可以讓她幻化為人魚，繼而以魚的形式延長生命，海柔的魔鏡則可以回春，兩者加起來就是永生。」

眾人皆倒吸一口氣。

「你是貪婪之罪！」李歐從毛毯裡伸出顫抖的手，指著朱利安說。

「喔？又要扯出那套原罪論了嗎？好啊，那我們就攤開來講。如果我是貪婪之罪，你們又是什麼呢？」朱利安一個字一個字說，「妄想不勞而獲的克勞德，懶惰！控制不住脾氣的卡莉，憤怒！永遠不知足的海柔，妒忌！慾望戰勝理智的希妲，肉欲！這些人死不足惜。」

「希妲是真的愛你啊。」母親悲嘆。

「又來了！公主殿下與女王陛下！」朱利安誇張地向我們彎腰行禮，「真是高傲哪，瞧瞧妳們母女倆那副自命清高的模樣，妳們覺得在這裡享受美酒佳餚是應得的禮遇，而且大家都得聽妳們的是吧？高傲之罪，有比貪婪之罪高尚嗎？」

母親的臉倏地慘白，呆了半晌說不出話。

對，我承認自己高傲，我自幼在音樂界打滾，往來高級宴會、結交上流人士。我高傲到一度無法誠實面對自己的感情，高傲到看不見朱利安和善笑容裡的冷酷眼神。但心高氣傲並不能和因貪婪而殺人越貨劃上等號！

「梅蘭妮，妳怎麼不跟阿娣麗娜說說她父親是怎麼死的？」朱利安冷笑著問。

母親身子一僵，急忙道：「朱利安，不要！」

「媽？」

母親連滾帶爬衝向朱利安，抓著他的袖子懇求：「拜託，等我準備好了，我自己會和阿娣麗娜說。」

朱利安甩開她的手，不屑地說：「當初阿娣麗娜的父親重病，梅蘭妮不接受醫生建議使用標靶治療，堅持要以音樂療法。看，多高傲？她認為自己是音樂專家哪，就以為自己也成了醫學專家了！最後搞得自己丈夫一命嗚呼，梅蘭妮又異想天開，居然想用銀笛讓死神歸還阿娣麗娜的父親，結果弄個半生不死的瘋子回來，自己跑去街上給車撞死了！」

我聽得目瞪口呆，所以，母親站在父親床邊吹笛的夢境是真有其事了……

母親抬頭凝望天花板，淚水在眼眶打轉。

「媽，樂譜被撕掉的最後一頁，是馬勒的《復活》，對不對？」我問，我必須親自確認。

「銀笛的神奇力量會令人上癮，只要試過一次，就會變得愈來愈依賴，這也是我一直不讓妳演奏銀笛的原因。自妳父親病了後，我便希望能用銀笛讓他恢復健康，誰知道後來竟像是走火入魔似的試圖讓他死而復生！我不是故意的，對不起！對不起……」母親別開臉拭淚，喃喃道。

「怎麼樣？梅蘭妮不只殺了人，殺的還是自己女兒的爹。」朱利安洋洋得意。

「你好邪惡！」我脫口而出。

「我們全都很邪惡，因為我們是原罪嘛！別忘了你心愛的尼可拉斯身體裡流的是著我的血！」朱利安面不改色道。

「你知道了？」尼可拉斯抬頭，「你知道我們相愛，還故意唆使鯨鯊傷害阿娣麗娜？」

「就是要讓你玩一場金錢和權力的遊戲，你才能實際體會箇中樂趣啊！」朱利安的招牌笑容浮現，傲慢在自信中潛行。

尼可拉斯難過地轉向我，「阿娣麗娜，對不起，都是我害的。」

我心疼不已，伸手捧住他的臉，額頭貼上他的額頭說：「那不是你的錯，他只擁有你的一半血緣。」

「是一半高貴的血緣，可惜了這孩子的另一半血緣如此平庸。」朱利安的語氣陰沉，「誠實面對自己吧，我們都是莉莉斯邪惡的孩子。看各位是要幫我一起收拾殘局，還是大家同歸於盡！提醒你們，只要世人發現我們的存在，不要說教廷和媒體了，就連路人都會組旅行團去各位家裡參觀的。」

「不。」李歐率先說道。

「不。」然後是母親。

「不！」我狠狠瞪著他。就算是困獸之鬥，我也會力爭到底。

「尼可拉斯，幫我把他們綁起來。」朱利安命令。

「不。」尼可拉斯說。

「你說什麼？」朱利安惱怒地說：「沒了我，你是活不下去的！」

「我可以去和我平庸的那一半血緣過日子。」尼可拉斯堅定地說。

「兒子，還記得你小時候多會跟我討價還價嗎？你的零用錢不夠買最貴的玩具，就來找我要求贊助；武術老師讓你用木刀練習，你非得要拿武器室裡的真刀。你永遠都想要更多。」朱利安抬頭挺胸，眼神明亮而狂熱，揚起的雙手像是在編織魔法，又像是在謝幕。「我們一起聯手，可以得到永恆的生命和全世界！成為有史以來最偉大的魔法師！」

尼可拉斯撿起地上的彎刀，雙手緊握住刀柄，「你的貪婪已經無可救藥了，再大的神性和權力，也逃不過良心譴責和法律制裁。」

「是嗎？」朱利安俯身拾起金斧，冷笑道，「五年沒有教訓你，就忘記如何服從父親了嗎？」是朱利安先動手的，他大喝一聲，金斧就向尼可拉斯砍去，尼可拉斯舉刀格擋，刀尖竟被削去了一小塊。刀光劍影在昏暗光線裡熠熠生輝，朱利安步步逼近，尼可拉斯則節節敗退，金斧是莉莉斯賜予後代的法器，普通兵器根本不是對手。

「你只想要魔鏡和匕首，為什麼還要這麼多人陪葬？」尼可拉斯左躲右閃。

「我是偉大的魔法師，魔術總要變得毫無破綻哪！」朱利安揮斧動作老練。

尼可拉斯蹲低閃過一斧，接著跳上茶几、自沙發上騰空飛起，短短一秒，朱利安的斧口就將沙發劈出一道口子，內裡露了出來，像是一條醜陋的疤。尼可拉斯落地時踩在碎玻璃上，腳不慎滑了一下，朱利安聞風而至，有如瞄準目標的魚雷。

「朱利安！」我將北非猸羚扔向他。

斧頭落下，標本在千鈞一髮之際成了倒楣的替死鬼，半個殘破腦袋躺在地板上露出詭異的笑容，幸好我早有準備。

尼可拉斯跳開，兩人隔著沙發對峙。

「自首吧，爸，如果你還有一丁點道德良知。」尼可拉斯說。

「你沒有資格批判我，別忘了，你的一切都是我給的！」朱利安邁開步伐，將所有擋在面前的物品通通砍得稀巴爛。一陣風颳起了他的衣擺，冰晶在他周圍閃爍詭魅紅光，彷彿洞窟中有無數蝙蝠眨眼，而朱利安就是那展翼的吸血蝠王。

尼可拉斯嘆氣，眼裡盡是失望。無論是親情喊話、還是以退為進，都無法令父親回心轉意。

金斧再次毫不留情地揮砍，斧口落在刀刃上發出清脆聲響，頃刻之間，彎刀如黏土似的又給截去一段。彎刀比較長也比較笨重，縮手回身需要的空間和時間都比較長，尼可拉斯擋下了朱利安的攻勢，卻擋不下他的折辱。接著朱利安一個迴旋，一腳掃向尼可拉斯的膝蓋內側，逼他跪了下來。

朱利安輕蔑地說：「很好，懂得以拖延戰術爭取尋找破綻的時間，這招還是我教你的呢！可惜我使得可是家傳金斧，砍你的馬刀就像切奶油一樣容易。你五年前打不贏我，五年後一樣打不贏我！認清現實吧，我和你才是一國的。」

馬刀？

一段強烈的節奏催促著我，我悄悄退到牆邊，讓攤開的樂譜靠在古董花瓶上，就著黯淡的紅光辨識五線譜上的字跡，當嘴唇貼上銀笛冰涼的觸感，定音鼓的咚咚擊打聲立即在我耳邊湧現，是哈察都量的《劍舞》。

單腳跪地的尼可拉斯在笛聲的第一小節尚未奏完即起身，轉守為攻有如神助，軒昂氣勢猶如沙場上昂首的駿馬，他瞄準朱利安的手指與斧面之間、木質斧柄的短短幾吋，好幾次強烈的力道都讓金斧差點從朱利安手中脫落。

黑影與白影在朦朧夜色裡穿梭，我全心全意想著尼可拉斯的勝利，尼可拉斯在暗影中發光發熱，他的吐息在低溫中昇為冉冉白霧，一襲飄逸的白色衣褲彷彿游牧民族的頭巾和綁腳褲，而他輕盈俐落的動作，猶似曲中驍勇善戰的舞者在亞美尼亞崎嶇的山壁上奔馳躍走。

銀笛的音色將這首異國風格的曲子詮釋得很好，我愈吹愈有信心，彷若聽見身邊有整個管弦樂團與我一同合奏。尼可拉斯的攻法也勢如破竹，馬刀成為他向外延伸的一部份自我，每一刀都削弱了金斧的神力、以及朱利安的自信。

忽然，眼尾餘光所見嚇得我猛然倒退，樂音戛然而止，只見朱利安一腳踢向古董花瓶，金光劈來，一瞬間，樂譜在空中被斧口一分為二，花瓶也摔了個粉碎。

尼可拉斯快步跟進，卻被朱利安看穿其解除武裝的策略，故意在下一刀揮來時側肩迎上，尼可拉斯驚愕地猛一收手，朱利安將計就計以斧柄痛擊兒子背部，尼可拉斯跌了個踉蹌，朱利安又趁隙直追。

暗影重疊又分開，尼可拉斯的態勢並未因樂曲中斷而隨之停頓，他將馬刀銜在口裡，先是將身旁的盔甲武士推向朱利安，接著以肉眼難察的速度化身殘影，從沙發一躍而上，雙手攀在水晶燈座上轉了一圈漂亮落地、重新迎戰。

這次他以馬刀聲東擊西，剎那間壓低重心、迴身後一腳絆倒朱利安，朱利安應聲倒地，金斧隨之掉落。接著，尼可拉斯儼然化身來自東方的舞者，再次旋身飛起，刀鋒便來到朱利安喉前一吋。

「你是打贏了，可是你也輸光了整個人生，沒有我、就沒有你。」朱利安撐起上半身喘息。風雨交織中，隱約可聽見遠處傳來警笛聲，看來，保全公司還是聯絡警方了。

「錯，我贏回了愛自己與愛別人的能力。」尼可拉斯收起馬刀，一腳踩住金斧。「剩下的就交給警方吧。」

「你要親自送你父親進監獄嗎？這就是你報答養育之恩的方式？」朱利安仰頭大笑。

這句話戳中尼可拉斯的痛處，只見他拼命壓抑心裡那個被揍得傷痕累累的孩子，咬緊牙關不讓眼中的酸楚浮現，我的心也跟著揪了一下。

室內滿目瘡痍，羽毛、泥濘、破掉的瓷器和砍壞的家具，翡翠湖小屋的美好回憶同朱利安的收藏品一塊兒碎了滿地。母親與李歐隱沒在漆黑的角落裡，尼可拉斯孤獨地站著，朱利安躺著，苟延殘喘。

深夜的低溫在屋子裡招搖過市，我瑟瑟地抖著，指節卻感受到溫熱的暖意，我低頭，驚覺暖流來自手上緊握的銀笛，銀笛皎潔如月，我的思緒亦撥雲見日。

倘若銀笛能將樂曲意境化作現實，那麼，何必非得選擇樂譜中的曲目？我想到了修補殘局的方法。

銀笛的吹口再次吻上我的唇，我愛尼可拉斯，無論他的父親多麼可憎，我愛母親，即便她高傲又無知。而我們都愛過朱利安，所以，阿根廷作曲家皮亞佐拉的曲子《遺忘》，將是我送給朱利安的最後一件禮物。

《遺忘》的曲調如泣如訴，如糾葛的過去不願放手，亦如椎心的往事不堪回首。朱利安靜靜躺著，神情愈來愈放鬆，我相信他已經接受了這件禮物。窗外風雨漸歇，樂聲中，細雨灑落似低泣，風吹葉片如嘆息，願所有關於朱利安、無論好的壞的，一併消融在優美的樂曲中，讓愛包容一切。

時間彷彿凍結，再回神時曲子已經結束，警車也已依序停在前庭。警方和救護人員來來去去，有人進屋搜索，有人逮捕了眼神空洞的朱利安，還有人在我身上披了件毯子，我將銀笛揣在懷中，破碎的祖傳樂譜混在潮濕的落葉中，和朱利安的記憶一樣難以拼湊。

是尼可拉斯將我喚回現實，他擠進我的毯子裡，像兩隻鳥巢裡相依偎的雛鳥，我這才注意到母親攙扶李歐一拐一拐的走來。

「阿娣麗娜……」母親艱澀地開口。

「媽，」我打斷她，「我原諒妳。我愛妳。」

母親欣慰地點點頭，道：「別恨朱利安，他一定是因為常年使用法器，在魔法的催化下變得喪心病狂。」

李歐向我們點頭致意，他的臉色好些了。「梅蘭妮的猜測不無可能，也許使用法器的次數愈頻繁，原罪的特質也會更加彰顯，失去良善的人性便是享受法力的代價。我想我們都要以此作為警惕。另外，我要謝謝你們就了大家，看在二位的份上，我會盡力幫朱利安找個好律師。」

我們勉強擠出笑容。

「還有，我一直沒有說實話，其實在克勞德的案發現場有找到女人腳印，正好符合妳的尺寸。所以早就知道同夥中有一個女子，本來懷疑是妳。」李歐啞著嗓子道。

「所以你才盯著我的腳看，而且在劇院後台追著我跑時根本沒在客氣！因為你把我當作殺了你好朋友的兇手！」我恍然大悟。

「而且，為了測試你們其他人有沒有涉案，我故意說兇手殺了那對雙胞胎，我說謊了，雙胞胎中的女孩並不在現場。對不起！」李歐說。

「沒關係，清者自清。你打算要去找那個女孩嗎？」我問。

「嗯，為了克勞德，我會去萊斯莉在亞洲的故鄉找潔絲敏。」他的眼裡閃過一絲狡黠，「其實我已經去過一次了，只是上次沒找著。」

「很高興聽見我們之中還有其他人倖存，我是不太瞭解亞洲國家，總之，希望你可以找到那個女孩，祝你一路順風。」我由衷地說。

「事實上妳知道，我們還在那裡見過一面呢。」他微笑。

傑克與豌豆（Jack and the Beanstalk）

米缸已經空了，母親交代傑克將家中唯一的乳牛牽至市集販售，沒料到傑克竟換回了一把豌豆，那幾顆青綠色的小豆子甚至無法果腹一餐。

母親盛怒下將豌豆扔出窗外，隔天一早，傑克卻發現豌豆生出了藤蔓高聳向上、攀入雲端。

第十一章

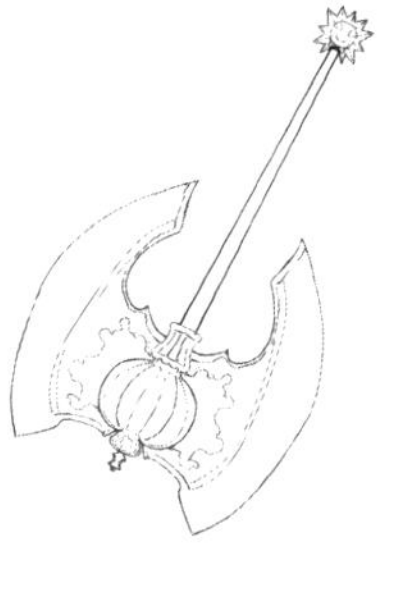

寬闊筆直的柏油路，修剪整齊的如茵草皮，以及溫馨的獨棟房屋，這裡是典型的美國郊區。我望向馬路彼端無垠的天際線，快樂的深吸一口氣，印第安那波里斯，我回來了。

自翡翠湖小屋那不堪回首的一夜後，已經過了半年。

那首皮亞佐拉的《遺忘》侵蝕了朱利安大半輩子的記憶，我顯然低估了銀笛的魔力，朱利安急速退化成五歲的心智年齡，法院判定他精神失常，自此他住進精神病院，拼組建築物模型成了他樂此不疲的嗜好。

母親則繼續跟著樂團巡迴演出，很神奇的，她居然真的可以照料好自己，當然，詹妮絲和史蒂芬這些老朋友也幫著看顧她，聽說她在印度摸了一個小孩的頭，給一群暴怒的印度人團團圍住，差點沒能全身而退，最後是多虧了奧斯卡履行對我的諾言。

李歐匆匆收拾細軟到台灣了，說是要去尋找克勞德和萊斯莉的遺孤潔絲敏，此行也已過了個把月。

至於尼可拉斯，居然真的靠發明東西賺了不少錢！基於對機械的天分和與罪犯交手的實務經驗，讓尼可拉斯萌生研發間諜武器的興趣，並成功將專利賣給情報局。不僅如此，他的事業版圖還跨足娛樂產業，看過最新一集鋼鐵人電影了嗎？裡面那台那件超厲害的鋼鐵戰甲就是他設計的。

我已經正式向茱麗亞音樂學院報到，新學期的課業很重，好不容易等到假期，終於可以回家一趟。我將車停入車庫，這裡是我父母結婚時買下的房子，充滿我的童年回憶。

「媽？媽，妳在嗎？」我打開門，順手將鑰扔玄關的矮櫃上。

母親在最近一次公演結束後就先行回家，我們約好一起過週末。

我把行李箱靠牆立著，屋子裡很安靜，奇怪，母親的車也在車庫裡，她沒有理由不在家啊？

「生日快樂！」尼可拉斯和母親從沙發後面跳出來。

母親端著一個烤得有點塌陷的蛋糕，尼可拉斯則抱著烏克麗麗，彈奏我這輩子聽過最難聽的生日快樂歌。

「天哪！」我摀著嘴大笑。

「蛋糕是我做的喔！我把有點焦的部分切掉了，所以看起來比原本計畫的要小。」儘管如此，母親把蛋糕放在桌上時還是笑得十分自豪。

「蛋糕很棒，媽，謝謝妳！」我和母親擁抱，接著我又轉身擁抱尼可拉斯，抱得比剛剛更久更用力些。「你在哪裡學會烏克麗麗的？我好驚喜，謝謝你！這真是最棒的禮物了！」

「桑托斯教我的。」他傻笑，真是可愛。

在尼可拉斯的幫助下，桑托斯成功經營起電動機車出租的生意，業績蒸蒸日上。尼可拉斯還入股成了半個老闆。

「快看看我給妳準備了什麼禮物！」母親拿出一個紙袋邀功。

我打開袋口，拉出一件看來頗有歷史的維多利亞高領黑色勾花小禮服，禮服上誇張的澎澎袖就算是在那個年代都顯得太過高調。

「妳不是嫌我太揮霍嗎？這件洋裝是我在二手商店買的。多虧尼可拉斯告訴我有那種地方，我以前怎麼都不知道呢？妳看，衣服上的手工蕾絲多精緻！妳的第一場個人獨奏會可以穿！」母親驕傲地說。

「呃，好。謝謝。」我說完便瞪了尼可拉斯一眼，原來母親跑到古物店挖寶，挖出一件恐怖的古董寡婦喪服是拜他所賜，好吧，或許他並沒有那麼可愛。

「起碼在二手店裡揮霍比較經濟環保嘛，我也有禮物要送妳。」尼可拉斯拿出一個報紙包裹的盒子，看到我好笑的眼神，隨即補充道，「因應環保。」

我將盒子放在耳邊搖了搖，猜不出是什麼，於是撕開報紙、揭開盒蓋。

「是一對天鵝的陶瓷譜夾！」我驚喜的大叫，「好貼心！謝謝你，我很喜歡！」

「天鵝終生奉行一夫一妻制。」尼可拉斯靦腆地說。

我好愛看他害羞示愛的模樣，頓時心裡甜滋滋的，卻還是忍不住調侃：「企鵝也是一夫一妻制啊，而且還是公企鵝負責抱蛋耶！」

「那糞金龜也是啊，那妳想不想要個大糞球當生日禮物？」他大聲起來。

「好啊，賞給你當今天的晚餐。」我一臉幸災樂禍。

尼可拉斯愣了半晌才聽懂我的低級笑點，他瞬間以手肘勾住我的脖子，將我一把攬進懷裡，親暱地吻了我的頭髮。

「唉呀，好可愛啊你們！」母親吃吃地笑起來。

我雙手環抱尼可拉斯，頭埋在他的胸前磨蹭，像隻撒嬌的貓不願離去。

若問我在情感上這麼依賴他們倆，會不會捨不得和他們分開？會不會難忍遠距戀情的孤寂？答案是不會。少了我盯哨，母親的感情世界比我還精彩。而尼可拉斯和我已經等了這麼久了，再稍待一下也無妨。

感謝母親與尼可拉斯，我們為對方的人生伴奏，同時也在自己人生的獨奏上盡情展演。

【本集完，《禁獵童話II》待續】

釀奇幻07　PG1439

禁獵童話 I：魔法吹笛手

作　　者　海德薇
插　　畫　幽　零
責任編輯　喬齊安
圖文排版　周政緯
封面設計　蔡瑋筠

出版策劃　釀出版
製作發行　秀威資訊科技股份有限公司
114 台北市內湖區瑞光路76巷65號1樓
電話：+886-2-2796-3638　傳真：+886-2-2796-1377
服務信箱：service@showwe.com.tw
http://www.showwe.com.tw
郵政劃撥　19563868　戶名：秀威資訊科技股份有限公司
展售門市　國家書店【松江門市】
104 台北市中山區松江路209號1樓
電話：+886-2-2518-0207　傳真：+886-2-2518-0778
網路訂購　秀威網路書店：http://www.bodbooks.com.tw
國家網路書店：http://www.govbooks.com.tw
法律顧問　毛國樑　律師
總 經 銷　聯合發行股份有限公司
231新北市新店區寶橋路235巷6弄6號4F
電話：+886-2-2917-8022　傳真：+886-2-2915-6275

出版日期　2017年5月　BOD一版
定　　價　280元

國家圖書館出版品預行編目

禁獵童話. I, 魔法吹笛手 / 海德薇著. -- 一版.
-- 臺北市 : 釀出版, 2017.05
面； 公分. -- (釀奇幻 ; 7)
BOD版
ISBN 978-986-445-198-2(平裝)

857.7 106004883

讀者回函卡

感謝您購買本書，為提升服務品質，請填妥以下資料，將讀者回函卡直接寄回或傳真本公司，收到您的寶貴意見後，我們會收藏記錄及檢討，謝謝！

如您需要了解本公司最新出版書目、購書優惠或企劃活動，歡迎您上網查詢或下載相關資料：http:// www.showwe.com.tw

您購買的書名：________________________________

出生日期：________年________月________日

學歷：□高中（含）以下　□大專　□研究所（含）以上

職業：□製造業　□金融業　□資訊業　□軍警　□傳播業　□自由業

□服務業　□公務員　□教職　□學生　□家管　□其它______

購書地點：□網路書店　□實體書店　□書展　□郵購　□贈閱　□其他

您從何得知本書的消息？

□網路書店　□實體書店　□網路搜尋　□電子報　□書訊　□雜誌

□傳播媒體　□親友推薦　□網站推薦　□部落格　□其他__________

您對本書的評價：（請填代號　1.非常滿意　2.滿意　3.尚可　4.再改進）

封面設計____　版面編排____　內容____　文／譯筆____　價格____

讀完書後您覺得：

□很有收穫　□有收穫　□收穫不多　□沒收穫

對我們的建議：________________________________

____

____

____

請貼
郵票

11466
台北市內湖區瑞光路 76 巷 65 號 1 樓
秀威資訊科技股份有限公司 收
BOD 數位出版事業部

（請沿線對折寄回，謝謝！）

姓　　名：________　年齡：________　性別：□女　□男

郵遞區號：□□□□□

地　　址：________

聯絡電話：(日) ________ (夜) ________

E-mail：________